全民微阅读系列

布老虎

BU LAOHU

孙春平　著

江西高校出版社

JIANGXI UNIVERSITIES AND COLLEGES PRESS

图书在版编目（CIP）数据

布老虎 / 孙春平著. — 南昌：江西高校出版社，
2017.5

（全民微阅读系列）

ISBN 978-7-5493-5447-4

Ⅰ. ①布…　Ⅱ. ①孙…　Ⅲ. ①小小说 — 小说集 — 中国
— 当代　Ⅳ. ①I247.82

中国版本图书馆 CIP 数据核字（2017）第 111487 号

出 版 发 行	江西高校出版社
社　　　址	江西省南昌市洪都北大道 96 号
总编室电话	（0791）88504319
销 售 电 话	（0791）88592590
网　　　址	www.juacp.com
印　　　刷	北京一鑫印务有限责任公司
经　　　销	全国新华书店
开　　　本	700mm×1000mm　1/16
印　　　张	14
字　　　数	166 千字
版　　　次	2017 年 10 月第 1 版
	2020 年 7 月第 2 次印刷
书　　　号	ISBN 978-7-5493-5447-4
定　　　价	36.00 元

赣版权登字-07-2017-472

目录

布老虎

靳老太今年快九十了,虽说已是老态龙钟,步履却还硬朗,每天都要在小区里走一走,有时还走到车水马龙的大街上去。老太的儿子知母亲的脑子已时有糊涂了,怕出意外,自己休班时,便远远跟在身后,平日里,则叮嘱保姆跟随,但也不可跟得太紧,最好别让老人家发现才好。雇保姆是专为来家照顾老人的,第一要务是保证安全,其次才是吃好穿暖。儿子和保姆之所以不可紧贴身旁,那是因为老太太不许,一旦被她发现,老人家会立时黑下脸子,大声斥道,嫌我老废物了不是,给我远点滚着去!

近来,保姆有些欣喜地向靳先生报告,说老人家不大去外面走动了,而是在家里翻出不少针头线脑,还有碎布棉花什么的,戴着老花镜做起了布老虎,做了一个又一个,虽说眼神跟不上了,针脚粗些,但不仔细看,还是有模有样的。靳先生笑说,她年轻的时候就做过,那就让她做。家里的旧衣裳旧被子多,眼下连扶贫都只要新的了,你多找出一些,拆了,需要红黄绿的鲜亮布料,你就去买,一定要给老太太做好后勤保障。

又过些日子,保姆又向靳先生报告,说老人家将做好的布老虎用包裹布捆扎好,提着,去了公园门口或娱乐城外,专找那人多的繁闹处,蹲下身子,把布老虎摆在那包裹布上,看样子是要摆摊出售,招来不少人看热闹,也不时有城管人员和警察赶来轰撵。靳先生闻言,愣住了,思忖了好一阵才问,老太太是什么状况？保姆说，倒是一直挺平静的，只是那眼神透着警惕，一发现有穿制服的人赶过来，便提起东西走开，过一会还会蹲到那儿去。靳先生问，警察和城管不是没难为老人家吗？保姆说，那倒没有，老太太都多大年纪了，谁还敢呀！靳先生说，没为难就好。还是拜托你，多上点心，务必保证老人家安全。保姆却不走开，犹豫了好一阵才又说，那我就说一句不知该说不该说的话，您别见怪。您在单位当着领导，您的哥哥姐姐虽说都退休了，各家的生活也都不错，老太太又是享受着离休干部的工资和待遇，生老病死国家一包到底，家里家外可都不差老人家卖布老虎挣的那俩小钱儿。再说，我看也没卖出几个，冰天雪地的，让老太太蹲在那儿，值当吗？您没听那些城管人员吵儿巴火嚷的有多难听，说这老太太没儿没女呀，逼着这么大岁数的老人出来摆摊，是不是她的儿女们眼珠子里就只剩下钱啦？我都没法跟您学，还有更难听的呢。靳先生长叹了一口气，说，让他们骂去，我又不好硬把老太太锁进家里。容我慢慢想办法吧。

靳先生想出的办法便是安排单位里的一个秘书去买布老虎。接到保姆打来的电话，知道了母亲又去蹲摊了，他便对秘书说，你马上赶去，见了我老妈你就蹲在她面前，拿起一个布老虎说，我闺女就喜欢这种布老虎，多少钱一个呀？老太太会问，你闺女几岁啦？你答，八岁。老太太又会问，数大龙的吧？你答，不是，数兔，她生日小，腊月底生的，没赶上大龙。听了这话，我老妈肯定会单独拿出一个布老虎给你，你夸上一声，还是大姨拿的这个最好，然后放下钱就走，别讨价。我跟你说的这些话你一定要牢牢记住，一个字也不可错，记错了你就白跑一趟了。秘书听得一头雾水，笑问，这是秘密接头呀？靳先生苦笑道，你快去快回，等取回布老虎我再跟你细说。

秘书回来了,将一只布老虎放在靳先生案头。靳先生取出剪刀,挑开布老虎肚皮处,竟取出拈得细细的一张纸片,展开,上面空空白白,一字未见。靳先生说,看看吧,这就是我老妈送出的情报。以前,我不止一次听老太太说过,她十多岁就随我大舅参加了革命,专门负责送地下情报,常用这种办法。她这是又想起从前的事了,年纪大了,难免有些糊涂,不知今夕是何年了。秘书不解地问,这情报上也没内容呀?靳先生说,我老妈小时候没上过学,认识的那几个字还是新中国成立后在扫盲班学的呢。再说,当年送情报,纪律可是严格得很,纸片上的内容是绝对不许看不许问的,就是经了她的手,也不行。记住,今天的这个事,你知我知就行了,千万不要向任何说。从今往后,这种事可能少不了,还是由你来跑,工作外的负担,你别烦,就算为我解忧吧

那天,靳先生回到家里,保姆很兴奋很神秘地对他说,今天,终于有个年轻人买走了老太太的一个布老虎,你没看把老人家乐的呢,等那年轻人一离开,她就提着没卖完的宝贝回家了,进了家门,立马关了她的屋门开始忙活,又是剪又是缝的,估摸总能又在家里忙上几天了。我寻思,那个买主不会是您安排的吧?靳先生不答是,也不答不是,只是说,不管怎样,只要老太太高兴就好!

讲 究

　　大学新生入学,302室住进八位女生。当晚,各位报了生日,便有了从大姐到八妹的排序,尽管都是同庚。

　　不久,三姐王玲的老爸来看女儿,搬进了一只水果箱,打开,便有十六只硕大红艳的苹果摆在了桌面上,每只足有半斤重,且个头极齐整。王玲抢着把苹果一字摆开,再让大家看,众姐妹更奇得闭不上眼了。原来每只苹果上还有一个字,合在一起是"八人团结紧紧地,试看天下能怎的!"奇过便笑,一幢楼都能听到八姐妹的笑声。王玲得意地告诉大家,说家里承包了果园,入夏时她老爸就让果农选出十六只苹果,并在每只苹果的阳面贴上一字或标点符号,秋阳照,霜露打,便有了这般效果。这是老爸早就备下的对女儿考上大学的祝贺。五妹张燕是辽宁铁岭来的,跟赵本山是老乡,故意学着那个笑星的语气对王玲老爸说,"哎哟妈呀王叔,你老可真讲究啊!"众人再大笑,"讲究"从此便成了302室的专用词语,整天挂在了八姐妹的嘴上。

　　第二个来"讲究"的是大姐吴霞的妈妈,带来了八件针织衫,穿在八姐妹身上都合体不说,而且八件八个颜色,八人一齐走出去,便有了"赤橙黄绿青蓝紫,谁持彩练当空舞"的效果。吴霞说,妈妈在针织厂当厂长,这点讲究,小菜一碟。

　　年底的时候,四姐李韵的家里来了"钦差",是爸爸单位的秘书,坐着小轿车,送给大家的礼物是每人一只皮挎包,女孩子挎在肩上，可装化妆品，也可装书本文具，款式新颖却不张扬，做工选料都极精致，只是都是清一色的棕色。但细看，就发现了"讲究"也是非比寻常，原来每只挎包盖面上都压印了一朵花，或蜡梅，或秋菊，八花绽放，各不相同。李韵故作不屑，说一定又是年底开什么会了，哼，我爸就会假公济私。

每有家长来，并带来讲究的食品或礼物来的时候，默不作声很少说话的是七妹赵小穗。别人喊着笑着接礼物，她也总是往后躲，直到最后一个才羞涩一笑，走上前去。所以，分到她手上的苹果，便只剩了两个标点符号，落到她肩上的挎包则印着扶桑花。有人说扶桑的老家在日本，又叫断头花，那个桑与伤同音，不吉利，便都躲着不拿它。每次，在姐妹们的笑语喧哗中，默声不语的赵小穗还总是很快将一杯沏好的热茶送到客人身边，并递上一个热毛巾把。平日里，寝室里的热水几乎都是赵小穗打，扫地擦桌也是她干得多，大家对她的勤谨似乎已习以为常。大家还知她的家在山区乡下，穷，没手机，连电话都很少往家打，便没把她的那一份"讲究"挂在心上。

半学期很快过去，放寒假了，众姐妹兴高采烈再聚一起的时候，已有了春天的气息。那一晚，赵小穗打开旅行袋，在每人床头放了一小塑料袋葵花仁儿，说："大家尝尝我们家乡的东西，瓜子不饱是片心吧，是我妈我爸自己种的，没用一点农药和化肥，百分之百的绿色食品。"

葵花籽平常，可赵小穗送给大家的就不平常了，是剥了皮的仁儿，一颗颗那么饱满，那么均匀，熟得正是火候而不含一颗裂碎，满屋里立时溢满别样的糊香。

李韵拈起一颗在眼前看，说："葵花籽嘛，要的就是嗑的过程中的那份情趣，怎么还剥了？是机器剥的吧？"

赵小穗说:"我爸说,大家功课都挺忙,嗑完还要打扫瓜子皮,就一颗颗替大家剥了。不过请放心,每次剥瓜子前,我爸都仔细洗过手,比闹非典时的洗手过程都规范严格呢。"

王玲先发出了惊叹:"我天,每人一袋,足有一斤,八个人就是十来斤,这可都是仁儿呀,那得剥多少?你爸不干别的活啦?"

赵小穗的目光暗下来,低声说:"前年,为采石场排哑炮时,我爸被炸伤了,他出不了屋子了,地里的活都是我妈干……"

吴霞问:"大叔伤在哪儿?"

赵小穗说:"两条腿都被炸没了,胳膊……也只剩了一条。"

寝室里一下静下来,姐妹们眼里都噙了泪花。一条胳膊一只手的人啊,蜷在炕上,而且那不是剥,而是捏,一颗,一颗,又一颗……

张燕再没了笑星般的幽默,她哑着嗓子说:"小穗,你不应该让大叔……这么讲究了。"

赵小穗喃喃地说:"我给家里写信,讲了咱们寝室的故事。我爸说,别人家的姑娘是爸妈的心肝儿,我家的闺女也是爹娘的宝贝……"

那一夜,爱说爱笑的姐妹们都不再说话,寝室里静静的,久久弥漫着葵花籽的幽远糊香。直到夜很深的时候,王玲才在黑暗中说:"我是大姐,提个建议,往后,都别让咱爸咱妈们再为咱们讲究了,行吗?"

师　德

　　隋老先生退休前是县里的老师,教初中语文。离开讲台的这二十多年,留给他的骄傲就是挂在四面墙上的照片,都是他和学生的合影,多是黑白的,也有彩色的。家里清静时,他常戴上老花镜,站在照片前仔细观看。女儿问,还能记得那些学生的名字吗?老人答,只怕也只能记住照片上的人,真站到面前来,就不好说啦。

　　桃李满天下,那是人生的骄傲。其中最具代表性的骄傲就是董林了。数十年来,董林每年都会来县里看望他。先时,董林在省城当科长,当处长,住在深山里的老父老母也还健在,隋老先生还不甚过意,学生看老师,来就来吧。可后来,董林的老父老母相继过世,董林也成了一厅之长,他仍照来不误。可因他的到来,县里的领导就忙了,一溜儿小轿车陪过来,塞得小巷子满登登。隋老先生一再说,董林,你的心意我领下,但以后就不要特意往回赶了,打个电话足矣。董林坚决地摇头说,不行,绝对不行。一日为师,终身为父。我的生身父母都已不在,您就是我的父亲。只有坐在您的身边,哪怕只一会,让我拉拉您的手,我才觉得还年轻,还是个孩子呀。这话说得不光让隋老先生感动,也感动了许多人。

　　这一来,自然有很多人问隋老先生,您是怎样的山恩海德,让昔日的学生这般敬重您呀?老人摆手说,我是老师,他是学生,就这么简单。这辈子，我教过的学生成百上千，何德之有？但求莫失职罢了。又问，听社会上有种说法，越是当年不成器的学生，日后发达了，越对老师怀有一颗报恩之心。是不是董林当年也是淘孩子呀？老先生正色说，恰恰相反。董林从小天资聪颖，又肯刻苦，若不是赶上文化大革命，莫说清华北大，就是去哈佛念个博士，你都不用大惊小怪。

同样的问题，问到董林，答案就完全不同了。董林说，要是没有隋老师，我今天极可能就是山沟里轰羊赶牛晒墙根的乡下老汉。当年，我们乡里连所中学都没有，我考进了县一中。可那年月，县中学哪有学生食堂宿舍呀，我天天怀里揣着大饼子早出晚归。那可不是近路呀，天不亮出来是二十里，顶着星星往家跑又是二十里。秋雨下来时，我差点被山洪冲走，大雪封山后，那路就更难走了。所以，三个月后，我就不去上学了。没想，有一天，隋老师踏着厚雪摸到我家，对我父亲说，这孩子不念书，可惜了。这样吧，从今往后，你把他交给我，吃住都在我家里，权当我多生了一个儿子。就这样，我在隋老师家整整住了三年，没有那三年，我怎能考上市里的重点高中呀，又怎能在恢复高考时考上大学。常言说，滴水之恩，当涌泉相报，隋老师对我的恩情，哪里是滴水，而是涌泉，是甘霖，而且绵绵不息，让我永生受益。

董林突然辞世，是在离任后，还不到七十岁，心梗。噩耗传来，隋老先生泪流满面，呆坐如痴。他对女儿说，我年纪大了，你代我去送你董林哥一程吧。你小时，他可没少带你玩呀。

两天后，女儿回来了，进家后脸就阴着，迟迟不见开晴。给亲友送葬是件悲伤的事，心情不好，很正常，老先生便不问。没想，第二晚，老人在看新闻联播时，女儿坐到身边来，问，爸，你现在心情还好吧？老人说，有什么话，你就说嘛。女儿说，我给您看份奇文,您要有思想准备,不许生气。老人说,坚持吃素,遇事不怒,我才不生气。女儿便将几页文稿放在父亲面前,还给老人戴上了老花镜。

文稿是电脑打印的,加粗黑字标题,《董林同志生平》。这很正常,上级要求领导干部丧事从简,不开追悼会,所以在和遗体告别时,操持者便将悼词备好,提供给来送别的人。文稿上有两行文字,已被女儿勾画了出来。"董林同志青少年时期,家境贫寒,为了读书,他从深山中走出,在县城里帮助别人照看孩子,坚持读完初中……"

老人怔了怔,但只是稍许,便指着电视说,《星光大道》里的那些选手,为了争取观众支持,不是都爱打苦情牌嘛。

女儿严肃地说,才不是。这些话,若不是董林说给儿女或同事,怎么就会出现在悼词里?

老人淡然一笑说,也不失为一种说法。当年,董林住在咱家时,你才两岁,你上边还有哥有姐,都是一差两岁,挨着肩,正是闹人的时候。董林放学回家,常带你们玩,看有脏的衣物,也抢着去洗。你妈在世时,可没少夸董林勤快,懂事。

女儿追着问,要说带孩子洗衣服,女孩子总比半大小子来得精细,你为什么没找一个女学生住到家里来呢?再说,这辈子你让学生住到家里来的可不只是董林一个人,记得我十多岁时你还带回过呢,那也是为了让他们带孩子干家务吗?

老人不再说话,默默起身,回到自己房间,把门掩严了。女儿在电视机前呆坐一阵,突觉心中害怕。别看老父嘴巴上强硬超然,看到这白字黑纸,心里却不定怎么想。上了岁数的人,可最怕心里郁闷想不开呀。她急推开房门,却见老人平静如初,立于书案前,手提狼毫,已在宣纸上写下苍朴的隶书八字,厚德载物,上善若水。老人说，我不定哪天就提不起笔了，先给你留下几个字吧。厚物载德出自《易经》，原话是，"地势坤，君子以厚德载物。"你也是当老师的，师者，品德更应像大地一样能容养万物，容纳百川。但愿，我的女儿不致让老父失望才是！

规　定

　　第二扎钞票放进点钞机，沙沙响过，如溪水奔窜，显示屏上亮出数字，101，很清晰，又是 101 张。储蓄所柜员田晓宁往窗外扫了一眼，将这扎票子单独放一旁，再点第三扎，100 张。她又往窗外看了一眼，拿起第二扎，重点，这次是手点，确是 101 张。再用机器点，仍是 101 张。她将多出的那一张取出来。其余的两扎也必须重点，不光机器点，还须手点。人家说是储 3 万，若是其中哪扎少了一张呢？

　　在认定确是多出一张后，田晓宁悄悄地按下了柜台下面的键子。那个键与保安和经理的对讲机相通。片刻，保安和经理已默默站在窗外那个人身后不远的地方。

　　窗外的那个男士，四十左右，身材中等，微胖，瓦刀脸，目光冷峻。窗口处放着现成的仿皮椅，可他不坐，就那样叉着腿，两臂环报，给人一种似在叫板或曰挑衅的感觉，神情不和善。

　　这已经是第三次了。一周前，也是他，来储三万，在第三扎里多出一张，害得田晓宁小心翼翼反复数了一遍又一遍。第二次，三天前，还是他，还是三万，又多了一张。在下班前的小结会上，经理说，工作小心，不可出错，这条原则一定要坚持，但我们这片小区，离退休老人多，退休金基本都打入卡中，老人们大多是只认现金，不上网上银行，每次提取量又不是很大，这就无形中给我们增加了很大的工作量，所以希望前台柜员在不出错的前提下，还是要加快工作进度。经理虽没点名批评，可田晓宁还是感觉了不安，便把有人故意在票扎里多放票子的事说了，害得她每次都要多点好几次。有同事说，咱们好几个窗口呢，怎么这事都叫你摊上了？田晓宁说，我注意了，那人手里好像拿着好几张号，不会是只等我的窗口吧？同事笑说，不会是人家在搭讪套瓷吧？兴许下次就请田姐下班后共进晚餐呢，电视剧里都这么演。田晓宁脸红了，瞪眼嗔道，不开玩笑好不好？领导上让我坐前柜，没觉我有失银行的形象，我已深表感谢了。确是，国内银行似乎都有这种不成文的规定，前台柜员多派年轻漂亮的女孩子，堪比航空公司选空姐。田晓宁的年龄确是偏大了，模样也不漂亮，但眼下储蓄所工作量大，也只能以空嫂代空姐，退而求其次了。田晓宁又说，实话实说，我已经暗查了这人卡上的存储记录，他每次送来的三万元钱，都是刚刚从别的所提取出来，转身就跑到咱们这边来，还故意多放一张，什么意思嘛！经理警觉了，说那就这样，以后那个人要是再玩这一套，你就暗中向我报告。我看这起码是有意破坏工作次序，可以视为治安问题，必要的的话，我们请警方协助处理。田晓宁嘟哝说，也没那么严重吧。经理说，严重不严重，不关你的事。经理的老公就是附近派出所的所长，所以有时说话比所长还横，

田晓宁停止了点钞，问，您确认是存入三万元吗？

男士答，三万。

田晓宁再问，您带身份证了吗？

男士答，带了。

田晓宁问，可以让我看看吗？

男士冷冷作答，不可以。

为什么？

依据银行的规定，存储现金五万以下没有必要出示身份证。

田晓宁无言以对。她注意到，这位男士身后不远，除了经理和保安，已站立了两位警察，一场纠纷似乎已迫在眼前。

就在这时，储蓄所门被重重撞开，一位拄着拐杖的老太太跌跌撞撞冲进来，直扑那位男士，抓住袖子就往外扯，一连扯还一边骂，你个浑东西，走，跟我走，回家！男士忙回身携扶老人，说妈，你咋来了？老太太喊，我在家喊不着你，就知你又来犯浑了。回去！男士也大声嚷，我没犯浑，我就是要让他们知道知道，拿着死规定故意刁难人是个啥滋味！

隔着玻璃窗眼见了这一幕并清清楚楚听到这番对话的田晓宁一下就明白了。十天前，这位老太太来过储蓄所，拿一张三万元的定期存款单要提取现金，田晓宁问可带了身份证，老太太将身份证递进来，姓名却不是存款单上的人。田晓宁摇头。老太太说，单子上的名字是俺家老头子，可老头子住院了，急性阑尾炎，要做手术，急等着钱呢。田晓宁将存款单退回，说定期存款提前支取，即便本人来，也必须带身份证，这是规定。一小时后，老太太又来了，还与一位老大爷发生了争执。老太太说，我不是没排号，上次没办完。老大爷说，没办完就重排，你急，谁不急！可老太太仍没带来存款人的身份证，却将家里的户口本和两张银行卡送进了窗口，急切地说，我儿子把老爷子的医保卡和身份证都带医院去了，我要是再跑个来回，你们就下班了。这是我家的户口本，我们肯定是老两口。这两张卡是理财产品，你上机器查查看，二十多万呢，还有我的身份证，我都押在这儿，你先把钱支给我，我明天一早就来，准定来，姑娘，帮帮忙吧。眼望着窗外那张布满皱纹的求助脸庞，还有已送进凹口的银行卡和身份证，田晓宁一点也不怀疑老人家的真实，但她只能微笑着说，对不起，大姨，不行，这是规定。她记得清清楚楚，那次老人来时没拄着拐杖，腿脚看起来也还灵便，那么，她的突然受伤，是不是就是在那次回去的路上呢，或者心急滑倒，或者被街道上的车辆刮碰，不得而知。

隔窗而望，那位男士和他的老母亲仍在吵嚷，排号的人围了过来。眼见着，经理已给警察使了眼色，警察迅速地往男子身边靠近。田晓宁突然大声喊，经理，您快扶大姨坐好。请这位先生回到窗口来。与本所业务不相关的人请到外面去吧。

当日，下班后，骑上自行车的田晓宁决定，这就去老太太家，地址好找，早记录在老人先前留下的资料中。利用自己的时间，去储户家访问，这应当不违犯规定吧。她心中只是犹豫，去看望老人，总不好两手空空，带上点什么水果好呢。

身　教

楚宁退休后不久就不再焗头发了，不过三五个月，昔日身心矍铄的中年人变成了白发苍苍的老者，再出席社会活动，老朋友竟一时认不出他，惊诧之后便说，还是染一染吧，再过几年，就是染的再勤，人家也会喊你老大爷的。楚宁呵呵一笑，不做辩解。

楚先生退休前是市实验中学的校长，此前数十年，一直在校园里忙碌,当了校长也担负着两个高三班的物理课教学,身体保养得不错,不胖不瘦,腿脚灵活,不光师生们没把他当花甲人,就是他自己,似乎也从未意识到已入暮年。退休后,他也曾一度叹息,可惜了这个好身体,好在自我调整得快,很快就释然了。

做好了颐养天年心理准备的楚先生给自己布下的第一程作业是坐公交车,先把本市的景观好好游览一番,有些地方还要下车走一走。这一游确是让他大为惊叹。当校长那些年,上下班有通勤车接送,基本是两点一线,就是坐进车内,脑子里转的也多是校园管理和教学上的事情,哪有心情去欣赏窗外的景致。可眼下就不一样了,心绪和眼神都长了翅膀,可以自由自在地在天地间飞翔。这还是生活了数十年的城市吗,真是天翻地覆,变化太大了!

当然,令楚先生惊叹的,除了车窗外的日新月异,还有车厢内的情景。社会日益老龄化,乘车的皓首蹒跚之人已比比皆是。上车时,白发人的腿脚自然竞争不过身手敏捷的年轻人,先登者势如破竹冲向空闲的座位,甚至理直气壮地占据了车上那几个专留给老弱病残孕的席位,坐下后便好像接到了号令一般,纷纷掏出手机,全然不顾身边就站立着与他们的父辈甚至祖辈同龄的苍迈老者。有时,司乘人员也会尽尽职责地喊上两句,说请给老年人让让座位。有人会应声而起,但那毕竟是凤毛麟角,属珍稀物种。更多的时候,年轻一代对提醒充耳不闻。这样的情景看多了,楚先生先是生出愤慨,后来便是反思。社会风气如此,如果追责,是不是我们这些教育工作者也难推其疚呢。这些年,学校里只讲物质不灭,只讲负负得正,又讲过多少仁孝礼信和尊老爱幼这些人生的基本道理?须知,在正数前面再多上一个负号,那就是南辕北辙适得其反呀。有一次,楚先生乘车时,有个中年人悄声问,您是楚……楚先生轻轻摇头,没让问下去。中年人却慌慌站起,说,真是对不起,长时间没见老师,都不敢认了。楚宁则说,你坐,我站一站挺好的。没想两人正这般推让间,另一位汉子却一屁股坐下去。学生愤愤地说,我是让给老师的。汉子哼道,座位不是你家的吧?让也应该让给我,我的年纪比他大。学生还想争辩,却被楚宁拉到一边。那个时候,楚宁还焗着头发,乌黑而茂密,而那个汉子则有些拔顶,乍眼看去,真不比楚先生年龄小。

也许,楚宁不再染发的决心就是从那一刻下定的。当然,若是以为楚先生想以此赢得年轻人的礼让,那就太看低了我们这位老校长的品格。项庄舞剑,另有深意。公共场合,不宜言传,那就身教吧。他要用实际行动弥补一下昔日在校园里的缺失,虽说未必会有多大功效,但只要有,总胜于无吧。

从此,楚宁每天都坚持着去公交车上挤一挤,而且专选客流高峰的时段。他的目光不再仅仅专注窗外的建筑,再看到有老哥哥老大姐上车,他便远远地招呼,说您坐到我这里吧。老人们常会礼让,说还是你坐,看样子你年纪也不小了。楚宁便故意大声笑道,是吗?我觉得我还很年轻呢。每每这种时候,常会引发笑声,埋头手机的年轻人也会在笑声里扬起脸庞,并时有年轻人主动起身,让位给旁边的老年人。效果不错,贵在坚持,楚宁信心大增。

那天傍晚,公交车快靠站时,突听一位女士惊呼,钱包,我的钱包!车厢内骚乱起来。司机不失时机地打开了车内所有的灯光,大声喊,请大家委屈一下,我不开车门,警察马上就到,搜不出钱包都不要着急下车。

警察很快到位。众目睽睽之下,钱包竟从楚宁腰间被搜了出来。乘客斥骂着拥上前欲打,好在有警察护在身旁。目瞪口呆的楚宁一时不知如何是好，只是喃喃，怎么会这样？警察冷笑道，人赃俱获，你又想怎样？司机说，这个人常坐我们的车，还常给比他年纪大的老年人让座，我心里一直挺感动的。警察年轻，口气却冲，说他有座不坐是想干什么？师傅不要被表面现象迷惑呀。

楚宁和失窃女士被带到了派出所，让两人分别写材料，女士写失窃经过，楚宁则写犯罪交代。女士很快写完，走了。楚宁却端坐如盘，连笔都不拿。警察说，你有本事就抗，我看你抗到什么时候！

夜深的时候，一位警官来了，进屋直奔楚宁，紧紧握手说，对不起老先生，让您蒙受不白之冤了。警官又对年轻警察说，我已经察看了公交车上的视频，在人丛中发现了一个惯偷的身影。此人惯用的手段，就是在事情败露后会在混乱中把窃品塞到别人身上。我们现在的任务，就是抓紧把这个惯偷捉拿归案。

那夜，警官将楚宁送出派出所门外时，曾问，看神情气度，您是领导吧？楚宁哈哈一笑，说退休了，官大官小一个样。警官又问，能告诉我一下您的姓名吗？楚宁说，案情即已与我无涉，又何必多问。警官坚持要用警车送楚宁回家，但楚宁不让。他说，这时辰，火车站前有两路公交车客流还不小，你一定要送，就送我去站前吧，我今天的任务还没完成呢，我坐公交车回家。

派克钢笔

我家附近有片小花园，傍晚时常见一位老人，拄着拐杖，佝偻着瘦弱的腰身,绕着甬道一圈又一圈地蹒跚。有一天,我看老伯嘟嘟哝哝地又在绕圈子,便想凑上去陪他说说话,他女儿林慧从亭子里闪出来,对我悄声说,别打扰他,老爷子说散步时脑子好,他正构思写东西呢。我问,是不是写回忆录?林慧摇头说,好像是写诗歌。管他写什么呢,只要他高兴。

林慧是我中学时的同学,毕业后我下乡,她去了工厂。记得听她说过,林老伯跨过江扛过枪,还参加过抗美援朝。以前只知他离休前在工厂当领导,没想到了暮年,又想搞创作,这种生命的激情,着实让人钦敬啊!

万没料到,有一天,林老伯会让女儿陪着,找到我家来。林慧说,我爸听说我的老同学是作家,非要拜访你。林老伯立刻从怀里拿出一沓文稿,嚷着说,我写了点东西,作家帮我看看,行吧?林慧忙指耳朵示意,老人耳聋,以为别人也听不见。

二人离去,我打开稿子,总题叫《新少年三字经》,子题目也有二十多个,仿着古时《三字经》的写法,爱国旗,爱劳动,爱父母,爱粮食,每章二三十句。平心而论,立意虽都不错,但平平,遣词用字也不甚准确,有些地方还没押上韵脚。但这出自八旬老人之笔呀,共和国功臣对祖国花朵的殷切希望,岂能用庸常的文学水准去衡量?老人写出这些,还不是想在这喧嚣的世界里发出一点自己的声音。我想了想,便给报社的编辑打去电话,说了自己的想法,还给他读了其中的两节。编辑果然很兴奋,说你选出五六节,修润后抓紧发来,同时发来老人的简介和照片,我争取在六一专版加编者按隆重推出。

六一后的傍晚,我拿着报纸和稿酬等在花园里。其实,此前林慧已将报纸带回家,但见了那二百元钱,林老伯仍是很激动,颤巍巍地接钱在手,还大声说,我接着写,写一百首。我小声逗林慧,叫老爷子请客。林慧抿嘴一笑,说一分钱也别想。

年底的时候,林老伯由保姆扶着,再次踏雪来到我家。我问林慧在忙什么,保姆说,慧姐不肯来。老伯又展开了他的文稿,是更厚的一叠,说请作家帮我改改,再写篇序,行吧? 我吃了一惊,问,要出书呀? 那可得由出版社审定。老伯摆手说,不用出版社,我有个战友的儿子,在印刷厂当厂长,他说你给写篇序,他免费给我印,不多印,就五千本。我这一惊更是非同小可,再问,印这么多可怎么处理呀? 老伯又说,当年厂里没少往学校派工宣队,人托人,都答应下来了,两块一本,不贵卖。

林慧不肯出面,就是个态度。但老同学越是这样,我越不好拂老人的面子。那本薄薄的小书我见到了,是春节前林慧特意送来的。我问,听说离休干部的退休金一月好几千,医疗国家全保,你们几兄妹是不是还要啃点老呀? 林慧笑说,每月工资一到,老爷子只取两千,一千付保姆工钱,另一千是他和保姆一月的伙食费,剩下的都送银行,谁也动不得。要不是我每月另偷偷塞给保姆几百元,人家早辞了。见我听得发怔,林慧又说,那我就再给你交个底,这本书,其实我只让印了二十本,我从印刷厂取回后,跟我老爸说,其余的全让学校取走了。后来学校送到家里的书款,都是我拿钱请人送去的。不管老爷子怎么喜欢钱,咱也不能违背有关法规不是。要不是书里有你写的序,也不会想起送你。林慧还说,我老爸还在家写呢,这回说要写千字文,也写一百篇,再出书就能厚一点了。我说,转告老伯,慢慢写,别累着,慢工出细活。

没想,我再没见到林老伯。老伯仙逝,终年八十六岁。安放骨灰那天,墓地上突然来了三个人,一位律师,两位公证员。律师当众宣读老伯的遗嘱,说去世后捐出一百万元,在山村建一座养老院,但不可用他或子女的名字命名。若积蓄不足,就变卖房产,再加丧葬费,结余部分统由二子一女再加保姆平均分配。遗嘱中还特别强调,我留有一支派克钢笔,是朝鲜战场上的战利品,赠予林慧的作家同学,以表感谢,也是希望。三个子女当即表态,执行遗嘱,不折不扣,敬请老父安息。

我心中震撼,手握派克钢笔,眼望高天流云,久久说不出话来。老人家的希望是什么,苍天大地都知道,还需我赘言吗?

老人与葱

天气好的时候,楼房的南墙根下,常坐着一位老人。老人实在是太老了,已属耄耋的那个层次,头上捂顶帽子,看不出头发已稀疏花白到了什么程度, 一张核桃皮样的脸,皱纹深刻地密布,嘴巴瘪瘪的,连鼻子都抽缩在一起了。尤其苍老的是那双眼睛,总是空茫地大睁着,迎着风,迎着太阳,不怕那阳光多么强烈刺眼,看来已经失明。

老人是钟点工扶出来的, 来了就坐在那张不知谁家丢弃在这里的一张木椅上。钟点工安顿好他,就转身走了,听说她在照料着好几位老人。晒太阳好,可以补钙,老年人太需要补钙了。

引人注目处,是老人身前几步远的地方,有一棵树,桃树。桃树不高,却还粗壮,树干足有饭碗粗。春天的时候,桃树会有几天的繁闹,盛开的花朵会引来蝶舞蜂唱。可那样的日子毕竟短暂,花谢了,叶绿了,叶子也终要飘零,北方的冬季太漫长。在枝干枯枯的日子,树杈上便搭挂起长白的大葱。大葱伴老人,倒也贴切,虽是叶枯皮焦，心却仍活着。老人一天天地越发老迈，那葱也一日日地越发枯缩。

不时有人从老人身边走过，问，老爷子，有几个儿女呀？

老人答，两个，都在南方呢。我去过，那地方又热又闷，受不了，空调吹，又得病。南方的嚼货也不行，甜了吧唧的。不如回咱北方老家来。

老人常常这般问一答十。

有小猫小狗跑过来，偎在老人的膝旁。老人从衣袋里摸出吃食，小猫小狗吃过，便伸出舌头在老人的手掌上舔，让老人脸上闪现出片刻的惬意。遛狗人说，老爷子，也养只小东西吧，正好给你做伴。老人说，老喽，腿脚不行了，哪还追得上。以前也养过……

搭话人不白问，离去时，时不时地顺手从树杈上扯下大葱，或一棵，或两棵，带回家去做葱花。好在老人看不见，从不过问。

有时，小孩子跑过来，大声喊，老爷爷，我拿棵葱行吗？我妈妈让我去买，可我还要写作业呢。老人脸上的核桃纹立刻绽放成九月的菊花，高兴地答，拿吧拿吧，挑那长的，硬实的，扶着点树干，别摔了。你学习好不好啊？我那孙子去年还得了奖状呢……

有一天，一位中年人窜到了树下，蹑手蹑脚地，一下抓进手里好几棵葱，转身欲去时，身后的老人说话了，冷冷地，颇为不悦：不管拿多拿少，总不差两句话吧！中年人怔了怔，尴尬一笑说，哟，我以为老爷子睡着了呢。老人用手背往外挥了挥，说走吧走吧，怎么还不如个孩子呢？

这一幕，被当时在附近唠闲嗑的几个女人看到了，于是，人们便知道，老人的眼睛看不见，耳朵却精灵，那脚步声和大葱离树的窸窣，是躲不过老人的耳朵的。

几天后的星期天,一位女士提着马扎,坐在了老人身旁,两人说了好长时间的话,直到太阳偏西,钟点工来接老人回去。老人说,树上有葱,是我备下的,随便拿。女士眼圈红了,说以后有时间,我还来陪大伯说话,把我没来得及说给我爸我妈的话都说给你老人家听。

老人与狐

德四爷听说大山里出了一只白狐狸,起初还有些不信。这些年,莫说白狐狸。山里连跟土疙瘩差不多颜色的土狐狸都寻常难见了,扯玄吧。但后来听人说得多了,一个个信誓旦旦的,比如时间、地点,白狐的身子多长尾巴多大,长着啥样的嘴脸儿,谁谁谁亲眼见了,又谁谁可以作证,就不能不犯些琢磨了。

也不是德四爷见钱眼开,家里实在太需要钱了。德四爷的儿子上山打石头,被滚石砸死了,扔下一个孙子。孙子脑子好使,书念得好,正在县高中读高三呢,来年夏天就考大学。儿媳妇一次次带孙子来跟老人商量,说这孩子还考不?一年光学费就得好几千呢。

下了第一场雪后,德四爷在夜里带家里的黑子上山。狐狸是昼伏夜出的动物,多在夜里捕食野鸡山兔或田鼠,他还知道狐狸爱在什么地方选穴藏身,雪地里狐狸只要出来打食,则必留痕迹。那天夜里,他正在一片荒草掩映的乱石滩中搜寻着,便见黑子耳朵支棱起来,神情变得格外警觉。德四爷估计狐穴就在附近,开始琢磨该在哪里下套设夹了。

突然间,一道白光从石丛中闪出,直向山梁上奔去。黑子汪汪叫着,腾身飞快追奔。但很快,黑子就回来了,一副垂头丧气又很惭愧地样子。德四爷摩挲摩挲狗脑袋,算是安慰它。黑子也老了,又多年没跟他出来狩猎,已远不如狐狸敏捷,怪不得它了。没想,黑子又叫起来,腾身又追,眼见不远高岗处,那白狐竟立着身子往这边张望,直到黑子到了身边,才又一闪而去。黑子再回来,白狐也回来,如是三番。德四爷陡然醒悟,没等黑子再追,便喝了一声,"黑子,回来!"

德四爷带黑子在附近石丛里找,果然找到一处洞穴,推开石块,就见一只长有尺余的小东西跳出来。黑子腾身一蹿,将小东西按在爪下。嗬,奇了,小狐崽子竟也是通体雪白,稀罕啊!德四爷脱下身上的褂子,将小白狐罩住,用褂袖绾了绾,便提在了手里,转身往家走。他心里得意,不由叨念了一句戏词,狐狸再狡猾也斗不过好猎手啊!刚才,白狐一次次返回,就是想把他和黑子引到别处去,目的是掩护这只小狐崽,这回好,狐崽到了我手,就等于让我牵住了白狐的鼻子,你逃不出我手啦!

德四爷回到家里,从兔笼里揪出家兔,将小狐放进去,又用铁丝将笼门牢牢拴死,然后拍拍黑子的头,就回屋睡觉了。他知道,那只白狐一定会远远地跟在后面,但今夜它只会在村外转,不会追到家门口来。明夜,母狐就会不顾生死地跟过来了,那时再在院子四周下套子夹子。天亮时开门再看,笼子前竟有三只野鸡两只山兔。这是想讨好德四爷呢,还是乞求德四爷替它喂喂饥饿的小狐?

德四爷却偏让小狐饿着,也不给它水喝。小狐饥渴难耐的叫声是牵制白狐的最大诱饵,只有让狡猾的白狐彻底乱了心智,才有可能最后将其擒获。饿了两天加一夜的小狐的叫声果然渐渐弱下去、当夜幕再一次降临时,已是偶尔挣扎着嘶叫一两声了。这一夜,月色又不错,德四爷眼见着白狐闪进了院子,在院心焦躁地转了一阵后,让他做梦也想不到的一幕出现了。白狐突然正对着房门的方向,伏下了身子,两只前爪平伸着,脑袋就伏在那两爪间。它这是干什么?德四爷怔了一会儿神,提了棒子轻轻拉开房门,那白狐竟仍伏在那里不动。是它没有察觉动静吗?不会,绝不会的。德四爷蹑手蹑脚,一步步走向白狐,清晰地看到白狐大瞪着一双黑葡萄样的眼睛,正无所畏惧地迎望着他。德四爷举起了棒子,看到白狐身子微微抖颤了一下,却仍不躲也不动,只是把眼皮轻轻地合上了。德四爷大惊,也顿时明白,白狐引颈受戮,想以此乞求德四爷放掉她的孩子。可怜的白狐,她再没有别的办法,只求一死啦!德四爷高举的双臂不由软下来,长长叹息一声,就把棒子丢下了。天地之间,人与兽,都是血肉身躯,同情同理。那一时刻,他想起儿子刚死时,老两口悲恸欲绝的情景,老伴儿叨念足有上万遍:老天爷,让我死了吧,只求换回我的儿子……

德四爷从菜窖下提出兔笼,打开笼门,小狐蹿出来,就往白狐身上扑,那种绝处逢生、母子重聚的情景看了让人心热。白狐护定小狐,一直牢牢望着德四爷,那神情说不出是感恩戴德还是不相信眼前的事实。德四爷摆摆手,说:

"走吧,远点儿走,别再让那些人寻摸着你们啦。"

白狐低叫了一声,小狐便跳上了母亲的脊背。白狐跳到院门口时,又转了几个圈子,然后立起身,合起两只前爪对德四爷作了个揖,便驮着小狐钻进夜色中去了。

老人回了房里。隔窗将这一切都看在眼里的老伴儿说,放得好，多少钱值这一片心啊！

德四爷没有分辨老伴儿这话是在赞白狐还是夸自己，这一夜他睡得格外香甜。

妻子的生日

妻子的生日是在乍暖还寒的初春时节。那天，我下班回家，阻止她下厨房，张罗着去饭店潇洒一顿。妻子问，琳琳来电话了吗？我摇头，知她关心的是女儿的祝福。妻子又问，也没发信息？我说等晚上吧，她白天有课。妻子在工厂里当质量验收员，车间里对工作时间打电话打手机都有严格规定，所以她连手机都不配，生活得倒也清静自如。

那顿生日宴吃得有些沉闷，妻子不止一次看表，又不止一次问我，你没把手机关上吧？我便干脆将手将放到她面前，以保证她能得到女儿第一时间的祝福。后来，她又让服务员将剩菜打包，说回家去，担心琳琳将电话打进家里没人接。我说，不是有手机嘛，何必？妻子说我嫌这儿乱，提起食品盒就走了。

那是我的家里格外沉寂也有些郁闷的一个夜晚。妻子坐在电视机前，抓着遥控器不停地调换频道，只是不说话。我有意找些有趣的话题，她也很少搭话。我忍不住，抓起电话想给女儿打过去，她坚决地制止，说你贱啊？夜深，睡下，我将手机一直开着放在枕边。但那一夜，一切都沉默着，电话没响，手机没响，我只听妻子不停地翻身，还有她压抑的叹息，直至我沉入梦乡。

清晨,妻子起来准备早点,脸色不好,眼圈黑着。我知她的心事,便也再不提昨日的话题。我们只有这么一个女儿,以前在家时,琳琳每临自己的生日前三五日,就开始大张旗鼓地做舆论准备,离家去读大学,到了她生日那天,妻子则从早到晚不知要打去几次电话。怎么到了她妈妈生日这天,就忘得这般一干二净呢?我心里也有抱怨,但我不能再火上浇油,我在公共汽车上给琳琳发出短信,"你妈妈一夜未睡好。"哼,但凡还有一颗儿女的心,你自己想吧!

整整一天,我的短信并没换回任何反馈。傍晚回家,妻子望我,我把目光避开,她的眼圈就红了。她说,从今天起,你和我,谁也不要再给她打电话。

这一夜,妻子睡得很早,连电视都没看。夜深的时候,我听门锁有哗哗的响动,惊得急起身披衣,刚刚按亮电灯,身上一直带着家门钥匙的琳琳已站在我们床前。女儿一手抱着生日蛋糕盒,一手提着装在塑料袋里的北京烤鸭,肩头披着薄薄的雪花,眼里噙着泪水说,妈,爸,我错了,我祝妈妈生日快乐……

那一刻,妻子已醒来,她揉着眼睛,似乎还在怀疑是不是在梦中,旋即,她跳下床,一劲儿地拍拂着女儿肩上的雪花,嘴里也是一劲儿的埋怨:"你个傻丫头,大老远的你跑回来干什么?你不会打电话呀?你不知道天冷呀?你明天不上课啦?……."

琳琳只在家待了两个多小时,后半夜就坐车返回学校去了,她不想耽误第二天的功课。我送琳琳去车站回来时,妻子又开始埋怨我,说就你手欠,发那个短信干什么?孩子来来回回吃苦受累的,还得白搭多少钱呀?我说,这哪是钱的事,你心里热乎去吧。

这件事,我自以为做得挺成功,关乎对子女的教育嘛,因此便说给了许多人。那天,我给远在家乡的老父打电话,也说到了这个事。没想,父亲沉默了好久,才说,我和你妈妈的生日你们忘记了多少次,我和你妈埋怨过你们吗?

老院公

　　去年开春的时候,陈老泽和老伴又为房顶是揭去重铺还是再压点油粘纸的事发愁了。突听大黄狗汪汪叫,便迎了出去。院门外,乡长已陪着一位城里人下了小卧车。

　　乡长介绍客人,陈老泽只记住了是什么集团公司的刘总。刘总掏烟递上来,还叫了声大叔。陈老泽把烟推回去,说别,山里人显老,就是论弟兄,咱俩还不一定谁大呢。刘总不尴不尬地笑两声,站在院心四下张望。乡长说,刘总相中了你家依山傍水的环境,有心连房带院一勺买下来。老伴转身抓小铲,去清除刚落下的鸡屎,说卖?卖完住狗窝?乡长说,老两口好好掂量掂量,想通了给我打电话。

　　半月后,乡长陪刘总又来了,是接了陈老泽电话来的。陈老泽说,我儿子大学毕业了,在城里又要娶媳妇买房子,家里这些年真让这犊子刮得没剩啥了。刘总真要诚心买,那就二十万,不讲价。这是老两口斗胆开出的价钱。刘总哈哈笑,说买卖嘛,价钱上总还是要讲一讲。我这就给你还个价,二十五万。陈老泽和老伴大吃一惊,你望我,我望你,都傻了。乡长说,看看,刘总敞亮吧,人家大老板,这才叫不差钱。陈老泽吭哧着,又说,我们老两口还有个想法,要是刘总不答应,我们还是……不敢卖。我寻思吧,这房子刘总买下后,肯定要扒了重盖,也肯定不会成年累月住在这里。刘总要是从城里另带了人来侍候这院子,我就啥也不说了。可要是想在村里另雇人,不知能不能……就把我排头里?乡长对陈老泽的请求不敢表态,眼巴巴地望着刘总。刘总这回没有笑,而是很认真地说,老哥的这个想法很实在,也长远。其实,上次我相中这院子,除了风水,再相中的就是你们老两口的勤快适致。这院子和房子,虽说有了些年头,可收拾得整洁呀,连柴垛都码放得刀切一样整齐。那就这样,盖房子时我专门设计出一个房间给你们老两口住。冬天嘛,我基本不来。从春到秋,我也是隔三岔五才来躲躲清静。所以,这院子就交给你了,包括这青菜园子,你给我多种上几样,一定要保证纯绿色无污染。大嫂嘛,帮我擦擦扫扫,做做饭菜。我不稀罕煎炒烹炸,只要正宗的农家饭菜。报酬嘛,一人一月一千元,日后钱毛了,咱们再议。这中吧?陈老泽惊喜得不住搓巴掌,连连点头说,那咋不中,不给钱都中。乡长问,给我的任务是啥?刘总说,产权的事自然交你,盖房修院子的事也交你,但记住,我只要农家院,不要别墅。想住别墅,我有现成的,不用跑山里来。

只要钱到位,时下建房的进度不用愁。桃花开的时候,五间高大亮堂的砖瓦房已经赫然而立,四周还围上了雕花铁艺栅栏。陈老泽抢着农时,在庭院里种满了各种菜蔬,还在院子四角栽上了桃树梨树。迎着大门留出了甬道,足够停小轿车,上面搭了棚架,栽了葡萄和葫芦,夏日里自会有荫凉。且等时日吧,这里将是新农家的典范。

刘总践诺前言,入夏以后,果然是十天半月才来一次,或三五友人,或老婆孩子。有时也只带一个女人,都年轻,也都漂亮。老两口在这事上识趣,人家不介绍便不多嘴。人来之前,刘总都

布
老
虎

会打来电话,陈老泽便事先去村里买来溜达鸡,青菜则都是自家菜园的。刘总在花钱的事上表现得很是"不差钱",陈老泽也表现得相当自觉,抽空便将账本呈过去。可刘总则说声你办事我放心就拉倒了,根本不看。陈老泽从刘总和客人嘴里听到的最多词语是原生态和大氧吧,他不知道那是两宗什么东西,竟如此金贵。

更多的时候,院子里仍只住老两口。老两口住的是耳房,只比正房矮上那么一截。数九时,陈老泽说,反正他们也不来,要不,咱俩就住到正房去?老伴撇嘴说,愿去你去,我不去。其实,正不正房的又差在哪儿,咱人在哪儿,哪就是正房。陈老泽低头想想,这话说得竟有读书人的味道。吃的呢,冰箱里总是满满的,过期扔掉的比吃掉的还要多。这富人的日子,让人不敢想。有次老伴问,咱们这么过,算什么?陈老泽说,看过古装电视剧吧,院公,我就是老院公。

一年过去,又是开春,村里的老年人又好聚堆儿晒墙根了。有人问,陈老泽,你不过才五十出头,就把自己弄得家无片瓦了,你这过得可算什么日子?陈老泽沉吟好一阵才说,你们要是把有钱人看成是我儿子,就什么都想开了。众人沉默了一阵,纷纷点头,说也是,儿子兴许还孝顺不到这个份儿上呢。

赔 情

这是我亲身经历过的一个故事。

那天,我正在火车上巡售,突觉两腿间一热,情知不妙,便推着小售货车急向放着我挎包的车厢奔去。我的经期一直不是很准，这次提前了五六天呀。我必须抓紧去处理，不然丑可就丢大了。

因心急，两腿便难免快了些。只感觉小车前面磕碰了什么，又见一位老者气汹汹地扬起巴掌喊，你想撞死我呀！

坏了，这才叫越急越出事呢。生理周期那个事眼下只能算作小事了，我必须抓紧把磕碰了旅客的麻缠事处理好，不然，只怕手里的这个临时性饭碗都要丢了。

我赔小心说，大爷，真是对不起，碰了哪儿，我给您揉揉吧。

揉揉？说得轻巧。哎哟，腿折了你也揉揉呀？老人坐在座位上不动，一张布满皱纹的脸又拧眉又咧嘴地扭曲得厉害，看来撞得不轻。老人足有七十多了吧，听说人一上了岁数，骨质容易疏松，但愿别出什么大事呀。

说话间，四周的旅客有人起身看热闹。我身后一位中年妇女挤到前面去，想扶起被撞的老人，说我扶您起来走走，看是不是还吃得住劲。没想老人坐着不动，还狠狠地翻了女人一眼，说坐你的去，关你什么事！哎哟，哎哟，我的腿怕要废在这儿啦！

女人并没坐回，而是蹲在车前，研究起小车的结构来。她说，妹子，给你出个主意，回去抓紧找东西，把这两根立柱包上。不然，你这小车立柱是铝合金的，又是九十度角，直愣愣的，撞到谁身上都够呛。哦，对了，家具店就卖那种物件，软塑料的，内层有胶，一粘就得，为的就是防家里的小孩子磕碰。叫什么我可说不清了，你去打听一下吧。

我连连点头，感谢大姐的好主意。大姐四十岁左右，身子富态却不显臃肿，一看就是颇有生活经验的人。没想老人却仍在喊，你少在这儿帮她打岔遮绺子。我的腿怎么办？这就不管啦？

布
老
虎

我说，大爷，我这就去广播室，看看车上是不是有医生，请来帮您看看可好？

老人说，少扯。你这车上有 X 光机呀？鬼知道那是不是你们一伙的？

没想，大姐竟先忍不住了火，挡到我身前去，很生气地说，找大夫你信不着，说给你揉你又嫌疼，那您说，您要怎么样才好？

老人被这气势一压，就不那么闹腾了，嘟嘟哝哝地说，叫小丫头把车长找来也行，我跟车长说。下车后，我要去大医院查一查，花多少钱，他们得出手续，保证给我赔偿。

口气听似软下来，哪知却正打在我的软肋上。为让我上车当这个售货员，老爸老妈不知求了多少人。况且，眼下我还在试用期，找来列车长，我这个好不容易端上的饭碗就算砸了。我说，大爷也用不着找车长，您花多少，我赔，还不行吗？

老人冷笑道，你们在火车上，天南海北的，钱我花了，可去哪儿找你？

我说，那我现在就赔，二百，行了吧？

老人又冷笑，就眼下医院的行情，二百也能看病？想赔就五百，少了这个数，少废话。

一直站在我旁边的大姐说，五百就五百吧，妹子，破财免灾，就算少买一双鞋，别跟老爷子计较了。我看了，刚才你撞老人家这一下，确实也不轻，眼看红肿着呢。

让人万万料想不到的是，与我挨身而立的大姐说这番话时，手下是有动作的。我感觉到了，有一卷东西正悄然塞进我手里。我低头扫了一眼，是几张百元的币子。我惊诧地向她望去，大姐却连看都不看我一眼，径回她的座位上去了。

那天，处理完身上的麻烦事，再想一想这磕碰之事的前前后后,越想越让人摸不着头脑。那位大姐不会仅仅是仗义疏财助人为乐吧？可听口音,大姐是西北的,老爷子却是地道的东北人,她与老人真是互不相识的旅客吗？再说,我也不能就这样白白接受素不相识之人的馈赠呀。思来想去的结果,我便把这事悄悄跟乘警说了,还求他千万别把这事说给车长。乘警大哥点头一笑,走了。很快,车到一站,乘警大哥拉我隔窗而望,站台上,眼见那位老人走在前面,腿脚稍显滞涩,看来确有小小伤痛。那位大姐则跟在他后面,虽没上前携扶,却是不舍不弃,只是差着那么两步。我问,我不会是父女俩吧？乘警大哥说,不是。我装作验票,仔细看过了,现在的车票上都有身份证号码。老头是吉林人,女的是甘肃的,一个姓徐,一个姓刘,不沾不靠。要说相同点,就是两人都在秦皇岛上的车,又都只坐两站,一块下了。我说,那我就更糊涂了。乘警大哥说,如果,这位女士是老爷子家子女给雇的保姆呢？我说,怎么可能,雇得起保姆的人家还在乎那几个小钱儿呀？我都怀疑那老爷子是不是故意碰瓷。可看老爷子的穿戴,又不像。乘警大哥说,你这么说,那我就更坚信我的推测了,子女雇保姆寸步不离老爷子,防的就是老爷子出外出讹钱丢人现眼。至于老爷子是不是缺钱,那就得另当别论了。明朝的时候有个皇帝不好好管理朝政,却躲在皇宫里当木匠打家具,你说那是为什么？国外还有个皇帝更是怪,专在夜里摸出宫殿去行窃,当小偷,你说那又是为什么？世界上最难让人捉摸的就是人,尤其是老了之后啊！

列车开动了,我望着站台上迅速远去的人影,好一阵发呆,说不清心里是怎样一种滋味。乘警大哥设想的真有道理吗？

米字幅

北口市代市长薛冠蓉原是省科技厅厅长,虽是同级职务,但一个城市的政府首脑可比一方诸侯,责任重大,万民瞩目,尤其又是巾帼独挑大梁,不可小觑啊!

市内有一文化沙龙,文人墨客常来聚会,品茗谈笑之间,或挥毫泼墨,或吟诵唱和。这一日,文化局长和文联主席恭请薛市长拨冗光临,一可换换心境,二亦亲和雅士贤达。薛市长欣然前往。

因有新市长光临,这天沙龙来的人格外踊跃,连书坛领袖魏老先生都拄着拐杖来了。这魏老的字国内闻名,尺幅万金,炙手可热。但魏老先生坚决恪守"滥犹不及"的原则,轻易不肯将墨宝示之于人,有时盛情难却,他也只龙蛇走腕,,或虎,或寿,只一字,意到而已。席间,文化局长润笔,文联主席铺纸,请魏老为薛市长写上一幅。

魏老先生提笔在手,问:"冠蓉女士,你让老朽写幅什么?"

一声称谓轻轻出口,立时惊了四座。他不称市长,而直呼其名,但细思细想,魏老先生的资望与年龄都在,这样对话,反倒显了亲切。

薛市长想了想,笑答:"早知魏老落墨是宝,又听说您赐宝常只写一字,我不敢太多奢望,只求一个米字如何?"

魏老闻言,微微一怔,又问:"你再说一遍,哪个字?"

薛市长答："米,米面的米。"

魏老再问："楷隶行草篆,你喜欢哪种字体?"

薛市长环顾四周,便指悬挂于壁上的一幅字说："不怕见笑,我于书法完全是外行,连哪种字是什么体我都说不大明白,您就写这种字可好?最好写大一点。"

魏老屏气凝神,雪白宣纸上便落下一个大大的"米"字,是隶书,绵里藏锋,古朴刚劲,最后一笔刚收锋,满堂便响起一片叫好声,有人还鼓掌祝贺。魏老功底深厚,可谓十八般武艺,样样来得,但强项却在行书和草书,许多人还是第一次看到魏老的隶书呢,且都知大字的隶书极难写,尤其是这米字,横竖撇捺,笔笔不可马虎,且极讲究结构布局。魏老挥毫,以弱示强,行云流水,独以一字见功力,果真了得!

魏老落了款,用了印。人们特别注意到,魏老用的是"冠蓉方家惠存",他没用"正腕",更没用"赐教"。

文联主席小声对薛市长说："市长,这幅字可是珍品,万金难求,值啦!"

文化局长上前,小心揭起字幅,跟在身边的市长秘书欲去接,却被薛市长拨过,亲自接字在手,又对魏老深鞠一躬,便又引起人们一片掌声。

文化局长说："我找人裱过,再给您送去。"

薛市长摇头："不用,我找人裱吧。"

数日后,米字条幅高悬在了薛市长办公室,有时她接受采访,那字幅便随了她一同出镜,很是抢眼;薛市长求魏老写米字幅的故事也风一般在北口市传播。随着故事传播的还有人们的疑惑与猜测,一市之长为什么偏偏让魏老独写了一个"米"字?有人说,这体现了一市首脑的执政理念,民以食为天,连毛主席都说过手中有粮，心里不慌，薛市长是把解决百姓温饱放在了她心头的第一位置；又有人顺着这个话题引申，说粮食脱了糠才为米，薛市长潜在的寓意是城市奔了小康，还要追求更大的富裕，那"裕"字是什么？就是有衣有谷啊，米是谷之精华，是小康之后的更高层次；还有人仔细研究了薛市长的家庭与出身，说薛市长生于1960年，那一年正是中国人挨饿最狠重的一年，她的母亲就是生下她不久后饿死的，父亲抱着她讨过百妇乳喝遍百家粥。薛市长悬此字，便有着深切怀念母亲和再不让历史的悲剧重演的双重含义。

也有对薛市长让魏老用隶书独写米字另有反面猜疑的，说魏老先生倚老卖老，当众直呼市长讳名，薛某心中不悦又不好彰显脸上，才略施小计想教训一下这个老顽童。一市之长学富五车博大精深当过科技厅长，哪会连楷隶行草篆都不懂，人家不过是借口不懂却偏拣起一颗软柿子，专让老顽童用他最不擅长的隶书去写最不好把握的那个米字，且看老家伙日后还敢轻狂！该着那天魏老精怪有如天助，没丢大丑也就是了。宦海无涯，机谋深远，不服不行啊！当然，这种猜疑有点以小人心度君子腹之嫌，难登大雅，可古今中外，越是鬼鬼祟祟私下流传的消息越传得迅猛广泛，也越让有些人将信将疑。

还有一种流传不甚广泛的说法，说薛市长多年前曾去英国带职进修，眼下她的女儿也已去英国读研，她可能对高贵的英国有一种特殊的情结，所以才悬了米字幅在官邸。英国国旗不就是有个大大的米字在上面嘛。但这种说法多让人摇头不信，并斥之"瞎掰"。

也有好事之人私下找到薛市长的秘书，请他务必想办法从市长口中探出深浅虚实。秘书找机会问了，没想薛市长说，不就是一个字嘛,哪有那么多讲究。此言传出,越发让人们莫测高深,据说还有人为此打过赌,赌注是可去海鲜城吃鲍鱼喝鲨翅,管够造。

几月后,北口市召开人代会,薛冠蓉以其亲民务实的工作作风高票完成了由代市长到市长的过渡。在记者招待会上,有记者问:"人们对薛市长在办公室挂了个米字条幅有许多猜测,您能否对此作一说明?"薛冠蓉坦然一笑说:"实话实说,我对书法艺术真是一窍不通,但我对魏老的字确实很喜欢,这里面除了看字怡然陶冶性情的艺术因素外,我也坦率跟大家说,前些年,我坐电脑前的时间太长,得了颈椎病,疼起来恨不得卸下臂膀。后来有朋友给我出了个以保健代治疗的偏方,每天甩脑袋凭空写一百遍米字,以此伸展活泛筋骨。哦,我表演一下,就这样。那天,正好魏老问我请他写什么字,我突然就想到了这个米字。用楷书或隶书,大点写,规规整整,照着米字做保健操,岂不挺好。当然,女同志嘛,摇头晃脑,似有不雅,所以我每次做这个操时,都是闩严了门的。我跟大家说,自从坚持做了这个保健操以后,我的颈椎病真的一次没犯,我在此建议有这种毛病的同志都不妨一试。"

众惊愕,静场。随即,笑声爆响,掌声大作。

灵犀与顺拐

我的朋友老周,大学教授,主讲唐诗宋词,为人典雅而不失浪漫。老周的夫人几年前病逝,老周一直老僧打坐一般苦读经卷，被友人视为另一种浪漫。数月前，在朋友们的一再劝说下，老周总算点头应允，答应可再往前走一步，但前提是必须相当。

我的妻子听说此事，便想到了她的同事栗医生。栗医生年过四旬，主攻心脏外科，先生数年前遭遇车祸，她便一直独身，坚守着宁缺毋滥的原则，寻常男士，她是连个面都不肯见的。

这两个人，我都认识，觉得确是天设地造的般配。我说，那就请两人来家坐坐？几天后，妻子下班对我说，栗医生答应一见，但最好是另找支架搭桥之处，免得尴尬。栗医生说的是医学术语，意思我懂，孤男寡女磕头碰脸地坐到一起，再被人问及取舍，确是让人难堪。于是，我便想到了离家不远的北陵公园，园内有一圈塑胶跑道，沿着林木和草坪逶延铺筑，一圈五百余米，晨暮时分多有人去那里漫步或小跑。我和老周常在那里碰面叙谈。

北陵的正式名号叫昭陵，录入世界文化遗产，葬着大清朝的开国元勋皇太极。有此荫护，这桩晚来的姻缘当如康乾盛世一般美满。我把意思跟老周说了，老周颇显喜悦。稍有不巧的是，约定好的那天黄昏，我的妻子身体不适。她对我说，我给栗医生打电话，反正你和她也认识，我就不陪了，行吧？

时值仲春，夜幕垂得不早，可也不算晚。我和老周如约而至，依着健身人的习惯，顺跑道逆时针方向漫步而行，一连走了三圈，暮色愈发浓重，却一直没见栗医生的身影。老周说，是不是人家已在暗处见过我，撤去了？我摇头否认，说不可能。老周说，那咱们逆着走，应该就迎上了。我俩转身而行，又是三圈，老周的情绪越发颓丧了，说咱们回去吧，再独钓寒江雪，就有点犯傻了。我掏出手机，要给家里打，老周坚决按住，说莫以成败论友情，谢谢啦。

回家如实禀告，妻子急把电话打给栗医生，还把免提键按了下去。没想栗医生也是满腔的落寞与失意，说人家既不同意，就不要勉强了。妻子说,老周可没说不同意,人家连见都没见到你呀！栗医生说,我按时去的,逆时针方向走了三圈,怕顺了撇,又转过身走了三圈,也没见到他和你家老孙呀。听此言,我不禁大笑,嚷着说,巧了,真是太巧了,咱们明天再约可好？栗医生说,明天我值夜班,再说吧。

老周听了缘由,也是大笑,说我顺她也顺,我逆她也逆,心有灵犀,是不是这也可算一例？我为老周高兴,翌日,再跟妻子商量时间,万没料到的回答竟是,栗医生昨夜一宿没睡,想的都是这个事。她说夫妇既为夫妇,就要互补,好比人有左右手,又有左右脚,左脚迈前,右臂摆进,右脚迈前,左臂也必摆进,互补了才能保持平衡,顺拐不光难看,还要跌跤。昨天的事,看似巧合,但也可视为皇天示警,还是止步吧。我问,人的心脏却只有一个,又怎么说？妻子说,我也这么问她了,栗医生说,心脏也分左右心房和心室。左右心房和左右心室之间有间隔,互不相通。心房和心室之间有瓣膜,这些瓣膜使血液只能由心房流入心室,万万不可倒流。那种间隔和各司其职的流向,就是互补,乱不得的。

对于这般回答,我只有喟然苦笑了。老周和栗医生,都是有学问有见识的人,他们谁说得有道理呢？

夜 吼

那声嘶吼刚骂出第一声,葛大成就蓦地醒来,翻身坐起了。他没敢脱衣脱鞋,甚至都没敢睡到墙角现成的床上去,只是将三把椅子往保安值班室地心一摆，一只放脑袋，一只放腚，一只搭脚，且算睡下了。其实没睡，睡也睡不踏实，迷迷糊糊的，他就在等这声吼。翻腕看表，一点二十，又是这时辰！这条疯狗，他不睡，害得一小区里的人都不能睡！等我把他捆住的！

"你有本事出来！你这个王八蛋！你是癞蛤蟆！你是头驴！"也就这么几句，翻来覆去的，那吼骂声在小区楼群间飘荡游窜。声音是从胸腔冲出来的，可着嗓门灌，声嘶力竭，炸了雷一般直冲云天，八成喝大了，借着酒劲撒酒疯。时已入夏，家家都开着窗。不少窗子亮起来，宠物狗们配合着汪汪地叫，停在小区里的小汽车也呜啊哇地参加合唱，那是电子防盗设备遭遇了超分贝的干扰后的反应。不知是哪家汉子，冲着窗子往外喊，"保安才是条没用的狗！"呼应着这声骂的，是几声口哨的呼啸。夏夜的小区热闹起来。

葛大成带着保安顺着酒懵子的吼声追，但就是追不着，连个人影都见不到。那嚷叫先是在北区响，可等他们赶到北区，吼骂又炸在了南区。他们埋伏在过道上，那吼声却像断了电的喇叭，再无了声息。居民们骂得狠，不骂疯狗一般的酒懵子，却骂比狗还不如的保安，葛大成就是保安队长，他知道，明天，也许等不到明天，物业公司经理的一顿臭骂肯定又躲不过去了。

果然，腰间的手机颤起来。葛大成掏出看了看，想不接，但没敢，还是放到了耳边：经理，又把你惊醒啦？

我问你，到底还能不能干点人事？我没欠着你们哪一顿吧？经理在电话里，也把保安当狗一样地骂。

经理，连着好几天了，我一直值班，连打盹都不敢闭眼睛，可连个鬼影都瞄不着啊。

打110，让警察来！

全民微阅读系列

我也想了。可警察来了，除了白挨一顿狗屁哧，又管啥用？

哼，这没用，那没用，我养你们就有用！经理摔了电话。

也别怪经理，肯定是小区里有人被吵醒，直接把电话打到他家里，他也是刚挨了骂的。

这已经是第三次了。大半夜的，惊天动地的吼骂声突然从小区里窜出来，还没等找到人，天地复归安静。过了几天，又闹起第二次，经理对着葛大成瞪眼了，说怎么，你是不是还想让他一而再，再而三？从那天起，葛大成就开始连轴转了，白天，他去挨楼走访，请求提供线索，可居民们都摇头。他调看小区的监控录像，一遍又一遍的，也没发现蛛丝马迹。夜里，他就带保安在小区里转，转累了，才躺到那三张椅上眯一会。为这事，经理带大家开了几次会，说各部门千万别以为这事只是保安队的责任，业主们天天喊维权，这半夜三更被惊搅了美梦，就是人家拒不交物业费的理由。物业费收不上来，我可拿什么给诸位开工资？

经理快近中午时才露面，他从小汽车上出来，又忙着去开后座上的车门。原来经理是学孙猴子，碰到过不去的沟坎，就去请各路洞府神仙。车上下来的是派出所所长，脸阴着，不开晴。经理冲着站在远处的葛大成点点头，葛大成便一路小跑凑上前，惴惴地介绍情况，等着训斥和吩咐。

所长不说话，甩开大步往小区里走，经理和葛大成紧随其后。小区挺高档，花团锦簇，草坪茵茵，绿树成行，楼群四周是清一色的铸铁栅栏，两米来高，齐刷刷的如戈戟冲天，寻常人进不来。大门有东西南北四个，以前夜间开东门和南门，出了有人吼闹的事情后，便只留了南门，二十四小时有人值班，检查进小区所有人和车辆的证件。电视监控镜头八处，安装在要害部位，运行亦都正常。从硬件设施看，没问题呀。

派出所长到底是专家，巡察了一圈后，果然发现了问题。他指着小区西北角一处草坪上的两架小帐篷问，那里住人吗？

葛大成看了经理一眼，经理说，是我老家的两个乡亲，日子过得都难，进城求我帮找个营生，可两人岁数都往半百上奔了，一个是哑巴，另一个是闷葫芦，放的屁可能比说的话还多，眼睛还有点毛病，哪里肯接这种人。没办法，我就让他们在小区里拣捡破烂。都是老实巴交的乡下人，没惹过任何麻烦。那两个小帐篷就是他们拣的破烂，是好钓鱼的人扔的，你没看帐篷下还垫着席梦思吗，也是别人扔的。

所长问，冬天他们住哪儿？

经理说，冬天就得租房子了，天气暖和这几个月，不是图剩俩钱儿嘛。

所长拔步往前走，扔下两个字，撵走。

经理说，卖酒的，不能跟提醋瓶子的人要钱吧。那个事，真跟他们俩没关系。

所长的话越发冷硬，你自己有主意，往后别找我！

那天午后，葛大成去向两位拾荒人传达经理的指示，话说得委婉客气，但很坚决。闷葫芦没说什么，转身去收拾东西，倒是那个哑巴拉着闷葫芦呜啦呜啦地比画，还一再拍自己的胸脯。闷葫芦说，他非让我说，那我就说。夜里叫唤那几回，都是我干的。不整出点动静不行啦，小区进来了贼绺子，白天踩好点，夜里肯定要下手。葛大成大惊，说那你们怎么不报告？哑巴攥着拳头做出往脑袋上打的样子，闷葫芦说，我们哪敢，那些人手黑着呢。

依经理的意思，两人虽夜里不可再在小区里住，白天还可以进来捡破烂的。但两人自从离去，便杳如黄鹤，也不知去了哪里。

幸福账单

去年深秋的一天,准确讲是 11 月 5 日,夜深,某微信朋友圈里突然热闹起来,就像一把大粒盐撒进了滚油锅。

热闹全因名叫古槐的一条微信。很快,古槐便收到了市委书记亲自打来的电话。书记的口气严厉,开口就是你喝多了吧,赶快把那条微信删掉!古槐忙赔笑说,我从不在微信上说什么呀。书记的口气再由霜降变大寒,说你自己拉的屎赶快自己揩!

古槐也非庸常人物,北口市副市长刘槐是也。一般情况,领导干部很少玩微信,内部不成条文的诸多不许,那就不如不上了。但想通过微信了解舆情的,则另当别论。刘槐似乎就属这种情况,他深度潜水,只看不说。但谁也没料想那夜他竟一鸣惊人,发出的好像还是一张账单,工商张 2 千,康达赵 1 万,交通冯 5000……密密麻麻数十条,总数高达二十多万。微信评论栏很快也有了回应:府台素来酒风不错,没喝多吧;今夜雨夹雪,小心路面滑;晒吃晒玩晒孩子,难得有人晒账单……

唉,谁愿说什么说什么,懒得搭理啦。

春节前的一天,刘槐被约赴省城喝茶。坐进安静的包厢内,身边荡漾着淡淡的茶香。约谈者是两位处长,一位来自省委组织部,一位来自省纪检委,态度不冷不热,让人难辨吉凶。

春节之前,新年之后,正是最忙的时候。这个时候请刘市长来,您应该知道我们要了解一些什么情况吧?

前两月我误发了一条微信，不会就是因为这事吧？

那就请把微信的事详细说一说。

中秋节时，我儿子结婚。按规定，我只办了 6 桌，招待的都是有血脉亲情的三姑四舅。我实话实说，还有一些平日里与我关系不错的老同事、老同学、老朋友，事后没少责怪，还非塞红包给我。盛情难却，我只好接了。我微信上发的那张账单就是我和夫人记下的这笔钱。那一晚，我跟已回上海的儿子在电话里提及此事，特意叮嘱他，说我和你妈还要赡着上一辈的四位老人，你爹为你欠下的这份人情债能还的自然会还，还不上的你千万不能忘。我儿子说，请老爸现在就将账单发一份给我。所以我就拍照，发信，没想长久习惯潜水，手生了，再加那晚喝了点酒，稀里糊涂竟发到朋友圈里去了。

账单上的这些钱不知您是怎么处理的？

这……让我把这只当作个人的私事，行吗？

我们是代表组织找您谈话。您说呢？

唉，那我就竹筒倒豆子。我们北口市有个益年养老院，是民营的。我在市里分管民政，养老院有困难自然要找到市政府里来。说来说去，都绕不过一个钱字，但有的钱若由市财政解决，又不符合程序，民营的嘛。所以……所以我就把这笔钱都给益民了。

什么时间？

国庆长假后，准确来说，可能是 10 月 9 日吧。

如数吗？

三十万正，不足的部分，我个人补了。

又谈了些别的。整个过程，刘槐从容淡定，两位处长也未显露丝毫山高水深。俨然确是君子之交，茶意浓浓。

……

春暖花开时节,有消息传来,刘槐调任邻市副市长,虽属平级,却为常务,或可视为升擢的前兆。

有人传言,说在小范围的送别酒宴上,有人喝高了,直声亮嗓地嚷,说刘兄以退为进,其实是在下一步大棋,高,实在是高!又有人说,说下大棋不如说是唱大戏,而且是两出连台戏,一出《失街亭》,一出《空城计》。但刘兄失的不是街亭,而是微信,谁让他亮出了幸福账单呢。一声幸福账单,引来满桌大笑。也没少喝的刘槐那一日仍是镇静如常,闻此言,只是淡然一笑道,还是请各位以我为戒吧,以后一定要听老婆的话跟党走,多吃菜少喝酒。

又数月,省纪检委突然公布,刘槐接受组织调查。不久,内部通报称,刘槐素以清廉自律的假象欺世,实则是狮子大张口的巨贪。据查,刘槐在任北口副市长期间,暗中与承包市政工程的商人勾搭交易,多次接受贿赂,总数高达数千万元。

惊愕的人们不由叹道,司马懿虽是高手,但终是斗不过诸葛亮。卧龙先生一招调虎离山,便麻痹了老虎,也麻痹了老虎身边的獐狐豺狼。别忘了,《失街亭》《空城计》之后还有一出《斩马谡》,《失空斩》才算得上正宗的连台大戏呢。

念　想

　　春节的时候,女儿从南方回来。夜里下了大雪,北方长大的女孩便如见了亲人一般兴奋,急邀昔日的同学好友去滑雪。疯跑了一天,再回家门时,女儿便将脚下的旅游鞋远远地甩到一边,又嚷着让妈妈陪她连夜去买鞋,说这双鞋不能穿了,明天同学们还有活动。她的鞋怎么这么不抗造,怎么就不能穿了? 我抓块抹布将鞋子擦抹干净,戴上老花镜仔细查看,原来不过是鞋帮上绽了线,便喝止母女二人留下看电视,又翻出工具盒,坐到一边缝纳起来。女儿凑到我身边,笑嘻嘻地说,老爸,你的工夫怎么这么不值钱,这种简单劳动也值得你劳力劳神呀? 有这时间,你去电脑前敲出两千字,兴许买双鞋还有剩呢。这话我不爱听,便说,物尽其用,当为美德,不要什么东西就知道买。当年,我上山下乡时……女儿急打断我,说得得得老爸,你的一双农田鞋补过二十三块补丁,是吧? 这话你跟我说过八百二十六遍了。消费观念也要与时俱进,这话你不反对吧? 一句话堵了我个倒仰,顿时让我失去了再跟她谈论什么的兴致。

　　女儿却突然抓住我的手指,问这亮晃晃的是什么? 我说是顶针儿呀,补衣补鞋的家什儿,顶住针鼻儿推针省力气,这也值得大惊小怪? 女儿急将顶针儿从我指上褪下,拿在手上仔细观看,问这东西是从哪里搞来的? 我心里越发不悦,说怎么是搞来的,当年看我从乡下一回家就补鞋,我奶奶就把这东西给了我。女儿问，那太奶奶又是谁给她的？我回忆说，这话我也问过，你太奶奶说是她结婚时，她奶奶给的，那可是你的祖奶奶了。你祖奶奶儿孙多，孙女出嫁，哪有资金再一一送陪嫁，有此一物权作一个念想吧。女儿说，那老爸把老祖宗的这个宝贝转赠给我可好？我断然回绝，说等我去见你太奶奶时再说吧。

那个顶针儿是青铜打造的，做工不算精致，但好用，尤其是戴在男人的指上，因为它比以前我见过的顶针儿要宽许多，外径也大一些。奶奶将它交到我手上时，内侧是用丝线细细密密缠绕着的，那肯定是因为过于粗大而不适合女人的纤指。奶奶的祖上是旗人，就是满族，满族的男丁要亦兵亦农屯垦戍边，我曾猜想，这粗大的顶针儿是不是奶奶祖上的哪位兵勇壮士用来缝补马鞍革甲的呢？

数月后，我为妻子补鞋，却再找不到那只顶针儿。自然想到了女儿，打电话过去，女儿哈哈笑，说老爸呀，哪知你乱七八糟的工具盒里还藏着这般宝贝呀！我找朋友请教过文物专家了，专家说那顶针儿可能是清咸丰年间的东西，属军中用品。我又拿到文物市场去问过，人家立马开价五千元，还问我多少钱才肯出手。我心里陡地一惊，急问，你卖啦？女儿说，我才没那么傻呢，我要待价而沽。我喝道，你待什么价，沽什么沽？就是给座金山，你再回家时，也要把东西给我带回来！那是我奶奶给我留下的念想，念想无价，你懂不懂？

我珍藏的是念想，而女儿关心的是价值，两代人之间的这道鸿沟，是否能跨越沟通呢？

慈善之门

　　我家附近因有所重点高中，拐带着连这片小区的房子都一室难求了。学校的宿舍有限，那些被家长们想方设法送来、离家又远的孩子们便租房。家里条件好的单租一户，父母陪读。条件差的便群租。我家楼上，老两口都去了北京奔儿女，把钥匙丢给中介。有一次，卫生间滴答起来，我上楼提醒，并进了屋子查找漏水之处，才知楼上的几间屋子都架起了双层床，连客厅也没闲着，看来住的足有十几位。接待我的是位中年妇女，挺客气，负责着做饭、打扫卫生和监管孩子的多重职责。她说，都是女孩子，爱洗爱涮，我让她们以后注意。没闹到你家吧？

　　女孩子毕竟不比男孩子，学习了一天，昏头涨脑的，哪还有心思蹦跳。但楼上不闹腾，并不等于楼门不闹腾。有时，不定什么时间，也不定因为什么事，哪个孩子跑回来，便按电子门铃。那位女士若在家还好说，但掌管着十几个孩子的吃喝拉撒睡，自然要常出去采购和处理事务。孩子们按不开楼门，就胡乱地再按其他键扭，嘴巴甜甜地求告，给我开一下门好吗？这般闹腾了一段时日，电子门铃坏了，物业派人修过两次，很快又坏了，眼见是有人不厌其烦，做了手脚，物业也再不派人修了。进不了楼门的孩子们的最后一招儿便是信息靠吼，扯着嗓子一声又一声，大姑……大姑……那位女士为什么让孩子们喊她大姑而不是阿姨呢？是不是姑属父系，更具管教的权威呢？

　　我家在三楼,因摆弄文字不坐班,又改不掉吞云吐雾的臭毛病,我常将窗子推开一道缝,所以那或尖利或清脆的嘶喊便声声入耳。赶上心情好,我会跑下楼,接受豆蔻年华的女孩们惊喜的笑靥和那一声声真诚的感谢。但更多的时候,我正焦头烂额,坐在电脑前陡添愤怨,喊什么喊,叫魂啊? 有一天,我在楼道里遇到那位手提菜蔬的大姑,给她出主意说,孩子们也不小了,为什么不能给一人配一把钥匙呢? 大姑一脸苦笑,低声说,早有人告了,物业警告过我,群租已是违规,再敢私配楼门钥匙,出现失窃失火事件,唯我是问。

　　去年秋日里的一天,雨夹雪,清寒刺骨,楼下又喊起大姑来。我刚接了编辑的不合情理的改稿电话,心正烦,坐在那里发呆。雨鞭抽打得窗子噼啪作响,暖气还没供,关节都酸上来。可楼下的孩子还站在风雨中呢,不是真有急事,老师又怎会让回来? 善心如此一动,我起身下楼。可唤门的孩子已经踏上了楼梯,是两人,都罩着雨披,一个还携扶着另一个。见了我,携人的女孩说,叔叔是来给我们开门吧? 谢谢啦。三楼的老奶奶已给我们开了,她常给我们开的。我问,奶奶呢? 女孩说,在后面,她让我们先上。我又问,你的同学怎么了? 女孩说,感冒发烧,我送她回来吃药休息。

　　三楼的老奶奶,和我住对门,虽不常出门,还是见过的,快八十了吧,腿脚不大灵便,上下楼都由儿子或儿媳携扶。大白天,儿孙们或上班或上学,只留她一人在家,给邻家孩子开门的事却让她抢了先,细想想,真是让我这利手利脚的人汗颜惭愧呀。

　　年底时,我家信箱里多了一封电费催缴单,细看看,是三楼对门的,便带了上去。敲门数声,老太太开门。我说,大姨,您看看,是你家的吧? 老太太说,我看不见了,你替我看吧,我家姓崔。

我吃了一惊，看老人大睁的双目确是空茫，便下意识地在她眼前摆了摆手。老人肯定感觉到了眼前搧过的风，说不用试，跑过不少医院，没治，废物啦！

老人真的是废物了吗？废物了怎么还能摸索着下楼去开门？那一声废物，不会仅仅是无奈的慨叹吧？那以后，每每再听到女孩们急切的唤门声，我就想，活泼快乐而又忙碌着的小天使呀，你们可知道，那个常去给你们开门的老奶奶，可是一位双目失明的老人呀！

请来一个大丰收

我说的大丰收不是指遍地金黄，颗粒归仓。大丰收是一道菜，北方农家蘸酱菜。

秘书小赵知道市委庄书记喜欢这道菜，是在庄书记到了 B 市一周后。庄书记迅捷地结束了到任后的应酬，带他到管辖内的县区视察，也总算可以随心所欲地点一道自己喜欢的菜肴了。那天，面对满桌的鸡鸭鱼肉和当地特产，县领导小心地问，庄书记您看还需要什么？庄书记笑道，那就再给我来个大丰收，如何？一位副书记亲自起身去后厨落实，庄书记又追了一句话，别忘了放进几片豆腐片。

大丰收不过是几样可生食的时令青菜，辣椒、小葱、茄子、红心萝卜或山野之宝曲麻菜等，洗净后或掰或切，省却走火过油，可谓立等可取，所以很快就送上来了。小赵注意了，庄书记将大丰收转到自己面前，也不谦让，用豆腐片卷了小葱，就掇着农家酱大口吃起来，极香甜。边吃还边说，你们这儿的豆腐片跟红枫岭的可差远了。红枫岭的豆腐片薄可比纸，吃起来也筋道，越嚼越有味道。县委书记忙说，我们请过红枫岭的师傅来尝试，一应的家什也都带来了，但不行。师傅们说，除非把红枫岭的井也拉来。庄书记笑，说那当然，一方水土养一方人，除了茅台镇，谁能造出茅台酒？

那顿饭，庄书记对满桌的佳肴基本没动筷，那盘大丰收却几乎都进了他的嘴巴。小赵从此记牢了大丰收，也记牢了红枫岭豆腐片。当晚，小赵就给 G 市的政策研究室主任小钱打电话，求他以后每周用城际列车给他捎来二斤豆腐片，一定要是红枫岭的。红枫岭就在 G 市附近，在 G 市集市上，随便就可买到这种物美价廉远近闻名却独属于红枫岭的特产。小钱在电话里哈哈笑，问是你老丈人还是丈母娘得意这一口啦？小赵脸一热，也笑，说心知地知彼此彼此吧。小赵和小钱常在省里开会时碰面，庄书记在 G 市当市长时，小钱也当过他的秘书，彼此早就很熟啦。

从此，小赵家的冰箱里总备着红枫岭的豆腐片，每早上班离家时小赵也都用保鲜膜仔细地裹上几片，备在自己的手提袋里。豆制品抗腐能力差，但除非酷暑时节，离开冰箱保质一天没有问题。再到用餐前，小赵就悄悄将豆腐片送到服务人员手上，叮嘱配在大丰收的菜盘里。庄书记吃得高兴，说在 B 市能经常吃到红枫岭豆腐片不容易，若在古时，我可就成了爱吃荔枝的杨贵妃啦。有人告诉是小赵特意带来的，庄书记就笑哈哈地指点小赵说，你这小鬼头啊！小赵心里很舒坦。

夏天的时候，省里在 B 市搞了一个学习班，有给机关干部避暑度假的意思。小钱来了，小赵去拜访，并专致谢意。B 市靠大海，落日映红了海天,两人漫步在海滩上,自然说起了庄书记特爱吃红枫岭豆腐片的事。小钱很惊异,说我跟了他两年,没发现呀!小赵问,那庄书记爱吃什么?小钱想了想,摇头,说我是马大哈,还真没太在意,不记得了。

说话间,D市的接待办主任小孙跑过来,问两人在聊什么。庄书记调任B市前,是D市的市委书记,正是小孙给他当秘书,都为同一首长牵过马坠过镫,这类话不必相瞒,便如实说了。小孙也大异,说庄书记最爱吃油煎小梭鱼知道不知道?不要太大的,一炸大小正好。煎前一卤盐,有滋有味,极下饭,庄书记百吃不厌。小梭鱼虽不是什么值钱的东西,但只产在江河入海的两河水交界处。当年为弄小梭鱼,我可没少动心思呢。

我这篇小小说中的B、D、G,可不是随意按的键。写秘书,就得遵守秘书们的游戏规则。不信您去看看,任何省里的车牌号,是不是都按城市的规模排定ABCD?庄书记由G市市长,再D市书记,再B市书记,可谓一步一个新台阶,再进步,就该是省领导啦。

这一夜,小赵失眠了。他在想,庄书记为什么不吃小梭鱼却格外青睐起了大丰收呢?他又想,小孙因小梭鱼当了接待办主任,小钱对此道一脸茫然却当了政研室主任,虽是同一级别,发展前景却不可同日而语。政研室主任可谓高级幕僚首长高参,前程难测。自己是学小孙还是学小钱?明日还要不要再带上豆腐片奉上大丰收呢?

独角戏

省内各市的文联主席们常在一起开会，商讨繁荣文学艺术的发展大计。商讨来商讨去的结果，大家便在加强东西方艺术交流上取得了共识。人家别的行业屡次三番地出国考察，我们总守着这一亩三分地里咋行？也应该组团出去看一看，开阔视野与思路嘛。

一纸邀请函很快寄到了各位主席的手上，名头不小，是东西方艺术基金会邀请各位方家赴欧洲考察，日程半月，每人二万元。对小门小户来说，这笔钱不少，可对相当一级的领导，又是如此重要的活动，就不过是大笔一挥或略施小计的事了。一天早晨，一块老大的馅饼突然从天而降，正落在我的头上。总经理对我说，有个出国的机会，你跟出去长长见识，经费我已经拨过去了。我又惊又喜，可过后细细一想，一切倒也顺理成章。我们市的文联主席跟总经理是一起下过乡的铁哥们，主席找他赞助出国费用，若凭空划去几万元钱，公司里难免有人说三道四，但把支出落到我的名上，便顺理成章了。至于总经理为什么偏偏想到我，原因是去年他女儿高考，志愿没报好，差点落榜，是我找人帮他解了难，他这是在还我的这份人情。

土包子头一次走出国门，可了不得，除了照相机，我还借了一台摄像机。所以在国外期间，每到一地，下了旅游车，我便急着摄，忙着照，可回到宾馆放出来看，又觉很怅然。凡我摄下的风光电视上差不多都播过,而且比我摄的精美百倍。如此这般跑了十几天,眼看快到了打马回山的日子。登巴黎大铁塔,欣赏罗浮宫的艺术珍品,荡波莱茵河,惊叹意大利的城市雕塑,这些虽说也可与艺术交流贴边,但总觉有公费旅游之嫌,我们这次活动似乎还应该有一顶独具特色的内容,回到国内才觉仗义。到了德国最后一站时, 大家便把这意见恳切地提给了导游。鲍小姐点头应允,好,我来安排一次与西方艺术家的座谈会。不过,西方人的时间观念很强, 记者想采访都得按时间付费。各位每人交五十美元,作为请艺术家和租用会客室的经费,时间为两小时,好不好?大家连声应诺,OK。

鲍小姐原是浙江人,当导游,又兼着我们的翻译,这半月最辛苦的就是她了。仅隔一天,她就在我们下榻的宾馆安排了那次座谈会。会前,她还买了大红纸,请擅长书法的主席写了条幅,是汉德两种文字的"东西方艺术交流研讨会",德文是鲍小姐提供的,书法大师也照葫芦画瓢地写在横幅上了。会前,主席们嘱咐我,尽量将研讨情况摄全。难得有这么一次机会,我理解,绝对理解。

鲍小姐一共请来三位艺术家,两男一女,碧眼高鼻,那女士的金发极漂亮,一位男士很胖大,另一位亮着光光的头顶,气度都不同凡响。听鲍小姐介绍,一位是作家,一位是画家,还有一位搞流行音乐。彼此热情相拥相握,研讨会就严肃而热烈地开始了。还是鲍小姐当翻译,她除了一口流利的中国话,德、法、英语也无所不通。主席们问了西方当下流行的文艺观念、西方国家对艺术人才培养和管理之类的问题,三位洋艺术家都侃侃地谈了;洋艺术家也问了我们一些问题,内行看门道,外行看热闹,人家一张口,便知对我们华夏艺术颇有研究,比如问了《红楼梦》《三国演义》等几部古典名著对中国现当代文学的影响,又问了曾经最可能荣获诺贝尔文学奖的老舍先生在中国文坛的地位,等等。文联主席们争先恐后地发言,陡涨起语不惊人死不休的热情。

闪光灯不断闪烁,两个小时的交流很快结束。大家很兴奋,都说这样一来,考察活动就功德圆满,再无缺憾了。有人再三叮嘱我,回去一定要给我拷下一份带子呀,费用自理,不会让你背包袱的!

大家如此重托,我自然不敢懈怠。回国后,我立刻对那次研讨盛况的录像带整理复制。面对洋艺术家和鲍小姐神采飞扬的谈话,我突然生出一个大不恭的猜想,也不知这位鲍女士的德语水平是否真的精湛,她翻译的准不准确呀? 带了这个猜测,我便拿了带子去请教公司里一个懂德语的工程师。那工程师在电视机前只坐片刻,突然仰面大笑,说这是什么和什么呀,人家大鼻子问中国菜在讲究色香味的同时, 是如何避免在食品加工过程中杜绝营养流失或减少流失的? 又问中国的几大菜系的特色。翻译先对你们说三国说老舍,扭过脸又把你们的发言翻译成中国菜的色香味,整个一个烹饪与艺术的大杂烩嘛! 我一时怔懵,说你瞎说吧? 工程师笑说,我德语水平不高,可这几句话还听得明白,若有半句玩笑,我立马爬出去行不行?

我直了眼,傻了,半天说不出话。原来鲍女士请来的是宾馆里的几位厨师,她知道我们双方都不懂对方的语言,便自编自导了这么一出让人哭笑不得的喜剧小品, 自己左右逢源地演了一出独角戏,却让我们这些傻狍子都成了为她配戏的玩偶。可人家洋人不白出场,白得了两个小时的劳务费,我们这些掏钱的又成了什么呢?

再细想想,我们也没白忙活,文联主席们起码都有了坐在大红横幅下和洋人交谈的照片，作为向领导汇报和向身边人炫耀的资本，再登登报纸杂志什么的，已是足够。他们所需的不就是这个吗？既如此，我还需复制录像带给他们吗？而且，多一个明白人看到这种东西，便多了一份暴露我们的尴尬与可笑的风险。我才疏学浅，缺少见识，对这事，真的拿不准主意啦！

搓　澡

　　二十年前，我在一家工厂当电焊工。往往任务单一下到班组，工时就要求得很紧，加上整天跟铁板角铁打交道，活计确实不轻松。所以每天一收工，一身汗水的工友们便忙着往厂里的澡堂奔。

　　身子在热水里泡过，筋骨就松软了，懒懒的不愿动。每到这时，韩铁良便不知从什么地方摸过来，说来，我给你搓搓。我说，还是自个我来吧，你眼睛有病呢。铁良笑说，怕我搓不到地方是不？落下指甲大的死角，算咱技术不到家，返工重来。说着，他的手已有力地抓住了我的胳膊，不由你不让他搓了。若是再推谢，看在眼里的岳工长便会说，铁良既有这点心意，就让他搓搓吧，都是哥们儿，谁跟谁哩。

　　韩铁良搓澡的手法与时俱进，该重的地方重，该轻的地方轻，细致而周到。那年月，城里还没有高档洗浴中心，更别说专业搓澡工了。我和工友们享受到的这份待遇，已很有了超前的味道。

一边搓，自然就要一边聊。我说，你最近拜了搓澡的师傅吧？铁良说，有师傅你帮我找一个。这些天，我天天烧盆热水给我儿子搓澡，吓得嘎小子一见我烧水就老远地跑，说我给他搓秃撸皮啦。听了这话，不知就里的可能会哈哈笑，可我却笑不出来。我低声说，铁良，你这是何苦？铁良好一阵才又说，这话到此拉倒，可不许再和别人说。又扭头对浴间的别人大声说，焊工班的都在泡泡，我挨个来，别的班组的要想搓，就多等一会吧。

韩铁良本是我们焊工班的骨干，身子骨结实，技术也没的说。可老天爷不知发了什么神经，突然之间就让他害上了视网膜障碍，视力急剧下降。焊工靠的主要是眼睛，一个近乎失明的人还能做什么？铁良对岳工长说，那我就打打杂吧。岳工长把脑袋摇成了拨浪鼓，说可别，咱玩的都是铁活，你眼睛不好，磕了碰了可了不得。再说，周围都是电弧光，那玩意儿对眼睛伤害最大，你可别越尿炕越喝稀粥了，还是回家好好养着吧。

岳工长趁铁良不在的时候，召集班组里所有的工友开了一个会。他说，铁良的事，我就不多说了。我问过厂长，报个工伤行不？厂长说，报工伤就影响厂里的安全生产指标了。可铁良家的情况大家也知道，媳妇那个街办小厂带死不活的，儿子才五岁，要是铁良再休了病假，两口子的那点收入怕是连日子都不好往下过了。所以我的意见，咱们还是让铁良回家养病，但不往上报病假，他头顶上的这座山咱们大家给扛起来，计件工资和奖金就拿大家的平均数。这样一来，各位在收入上难免都要吃点亏，现在虽说不大讲阶级感情的话了，但兄弟姐妹的情义咱们却不能丢。我就这么个意见，大家都再琢磨琢磨。岳工长的话音刚落，立刻有人喊，那还商量个啥，就这么定了。岳工长说，大家都表个态。立刻，二十多条手臂齐刷刷都高高地举了起来，好像真能擎起韩铁良头上那座山似的。

　　但韩铁良的眼睛并没见好，一个月后，视网膜脱落，他彻底失明了。工友再见他时，是在厂里的澡堂，他已赤条条地脱好了，鼻梁上却架着一副电焊工的深色墨镜。他依着声音跟工友打招呼，大家以为他只是来洗澡，没料到他又主动要给大家搓澡。起初谁也没太注意，可第二天，第三天，他总是先一步来浴池，大家便都心知肚明了，也不好再拂了他一片执着而苦涩的好意。而在进浴室之前，他还先摸到车间外的自行车棚里，将班组里那几位女工的车子擦得干干净净。都说盲人有奇功异能，谁也猜不透铁良是用什么办法，将那几位姐妹的车子找得那么准确无误的。

全民微阅读系列

　　这般情景持续了足有将近两年的时光。工友们都接受过铁良的搓澡或擦车，为这事，大家反倒觉得有些惭愧和内疚。铁良命不济，他却这么自尊而刚强，他的自尊与刚强似乎更让我们感受到一种责无旁贷的责任。

　　突然有一天，听岳工长说铁良退职了，手续都办利索了。大家惊讶，下班后便齐齐去了他家，七嘴八舌地责怪他不应该，又玩笑地问他，你不想给我们搓澡啦？铁良郑重地说，想，想啊，我会想一辈子。只是外市最近成立了一个保健按摩所，我去报名了，可人家一听说我是在职职工，就不同意了，因为那家按摩所是残联专为没有工作的盲人建的。各位弟兄对我的情义，我心里记着呢，记一辈子，等我啥时回家，一定还去厂里，各位就把身上的皴都给我攒着吧。说得大家都笑起来，虽然笑得都很苦楚。

　　不久，我也调到市里一家文化单位工作，偶尔遇到昔日工友聊起来，知道铁良果然常回厂里看望大家，后来便听说铁良将城里的房子卖了，携妻带子一块搬到他所去的那个城市。看来铁良的处境果真一天天好起来了，刚强人总有刚强人的厮拼与补偿，老天有眼,瞎家雀终是饿不死的。

前些日子,我去铁良所在的那座城市出差,晚上没事,见宾馆下面有洗浴中心,就奔了进去。给我搓澡的是个二十多岁的小伙子,那身材那眉眼都像年轻时的韩铁良。我伏在搓澡床上问他姓啥,小伙子果然答姓韩。我又问韩铁良是你什么人,小伙子便惊讶了,说你认识我爸?我翻身而起,说我姓孙,跟你爸爸在一个班组干过好几年。小伙子高兴地说,是孙叔啊!我爸常把你们在一起时的照片拿给我看,挨个说哪位叔叔姓啥叫啥,哪位姑姑是啥性格。孙叔你可见老了,我都不敢认了。我感慨地说,岁月不饶人,你爸爸还好吧?小伙子神色黯淡下来,说我爸……已经没一年多了。我大惊,铁良跟我年龄相仿,虽说眼睛没了,身子骨却结实,怎么说没就没了?小伙子又说,其实我爸也没得什么了不得的大病,就是肺炎,发烧,可他说住院太贵,死活不肯去,硬在家挺着,就把一条命挺丢了。临死前,我爸拉住我的手说,以后常回爸的厂里看看,爸欠你那些叔叔姑姑们的太多了。我回去过几次,可厂子的大门早关了,让我再去哪里去找你们啊。我问,那你怎么也干上了这个呀?小伙子说,我中专毕业后,分到一家印刷厂,可厂子去年也放了长假,一家人的日子还得过,我又没别的专长,就来这里了……

两人一时再没别的话,我坐在那里发呆,眼前满是韩铁良和工友们在一起的影子,心里酸酸的。小伙子说,叔,你躺好,我的手艺得我爸的亲传呢。我怔了怔,抓过小伙子手上的搓澡巾,直奔淋蓬下,一任热雨和泪水一并长流……

和金融危机碰杯

袁洁从班车上下来，正匆匆奔向公交站的时候，遇到了陈浩。陈浩说前几天去看住院的丈母娘，老太太的秋衣秋裤都破了，他想给老太太买一套，让嫂子帮他去挑挑。

两人从百货店出来时，街上已越发拥挤起来。陈浩站在了一家杀猪菜馆前，说嫂子，我哥今晚夜班，回家你也是一个人。我那口子去侍候她病妈了，丫头学校离姥姥家近，也不回来。我请嫂子，就在这儿吃一口再回去，中不？

不中。袁洁故意把那个中字咬得很重：回家不愿进厨房，就去我家吃。

陈浩摇头：我哥又不在家，不去。嫂子，我心里憋屈，真憋屈。

袁洁冷笑：我还不知道你？见了酒就迈不开步，走，回家！

袁洁冷下脸，转身就走，不再理他。陈浩哪儿都好，可就有一宗大不如人意，贪杯，酒量又有限，多喝一点就耍酒疯。有一次，他半夜未归，急得他媳妇四处去找，竟见他枕在马路牙子上酣然大睡。那次可真悬透了，大黑夜的，真要有车从身上碾过去，岂不立时丢了小命？

说不理是假，袁洁其实是想逼他跟自己回家，可走了五六十米，身后没个脚步声。这没出息的东西！要是身边没个人盯着他，今天不定又喝成啥德行。袁洁返身回去，直接进了菜馆，见陈浩已点过菜，对服务员说，我看柜台上有自酿的老烧，给我来半斤。

用不了半斤,二两。袁洁在服务员身后说。

哎哟嫂子,你来可太好啦!快坐。那中,就二两。

两人面对面坐下。酒和菜很快摆上来。

先说说,你为啥事憋屈?

我哥回家没跟你说?

他说的事多了,哪件?说厂长又换了媳妇,你们一人随二百?

这个也让人憋屈。掏二百只扔回来一个小礼袋,里头两根烟,几块糖,连酒盅子都没让端一端。

那是对广大工人群众的爱护,怕你们喝多了耍酒疯。

那中,不喝,不耍。可工资从这月起,却减了百分之二十,落到我和我哥头上,一人最少三百块。

这事我可没听你哥说。为啥一下降了这么多?

我哥今天休班,还不知道呢。说国际金融危机了,钢材不好卖大减价了。狗屁,危机了减价了他还忙着换媳妇?和老大危机完了,和小二也危机?这个小三大减价不?批发还是零售?

两人就这般吃着,喝着,说着。袁洁要了一碗米饭。听陈浩的谈诉,袁洁心里有点堵,男人和陈浩都在轧钢厂,一声减工资,那就都得减。自己在修配厂开天吊,钢业集团的配套企业,人家那边刮风,这边也必然跟着下雨。两口子一个月少进五六百,放在谁身上都憋屈。但这些话只能心里想,不能应和着说,陈浩要是喝上了听,闹起酒来,今晚倒霉的就是自己了。

陈浩摇摇酒壶,又对着嘴巴倒了倒, 滴也没倒出来,嘟哝说,小太监揣裆,没了。没了好。袁洁扭头喊,快给这位师傅上饭。

陈浩面对着空酒盅发呆,一副意犹未尽的样子。饭很快送上来,陈浩却站起了身,说去趟卫生间。

陈浩走了,袁洁也发起呆来。刚才是在装,装作不以为然。可贪杯的人不在了眼前,心里就愈发堵起来。工厂搬迁,在新厂附近盖了住宅楼,住新楼是要拿钱的,工厂有地皮可换笼子,但咱工人只比一只小麻雀,哪敢换?刮肠勒肚省下钱还要供儿子念大学呢……

陈浩回来了,坐在那里喘粗气。喝多了?不会吧。他媳妇说过,二两酒,陈浩还是撑得住的。袁洁把饭碗往他跟前推了推,快吃吧,累了一天了,多吃点。

陈浩却不吃,直声亮嗓地骂,惊得餐馆里的人都往这边瞧。就知道给工人降工资,学生的补课费怎不降?我老丈母娘的医药费怎不降?厂长换媳妇的份子钱怎不降?还让不让咱小工人活啦……

真就喝多了!二两酒也喝多了!眼看着酒劲上来了,得赶快带他回家去!袁洁急招手,结账。服务员报了钱数,袁洁拧拧眉,不对,多了吧?服务员把账单拿过来,果然不对。我们只要了二两酒,怎么变成四两了?

这位先生刚才在柜台前又要了二两,一仰脖,就喝进去了。

哼,这个酒懵子呀!

袁洁急拉陈浩出了门,小北风兜头一刮,陈浩就哇地吐起来。吐完了又赖在马路牙子上不走。干啥去?回家?不中不中……便宜了他小子。走,跟我闹闹洞房去!我看那小娘们给我叫啥?我可能比她爹还大呢,她得叫我二大爷……哈哈,厂长随她叫,也得喊我一声二大爷……

路人围过来,捂着鼻子看热闹。警察也赶过来,对袁洁说,是两口子吧?抓紧把他整家去,不然,我可要带他去派出所醒酒啦。

陈浩直着嗓子嚷,你警察有什么了不起?警察也不能胡说八道!她是我嫂子你知道不知道?老嫂比母你知道不知道?包公就是吃他嫂的奶水长大的你知道不知道？我要是包公，就把那帮贪官的脑袋一个个都铡下来，金融危机来了就得先铡贪官，用狗头铡，那帮东西，也只配用狗头铡……

众人笑。警察又问，是亲嫂子吗？

袁洁摇头：我们两家住一个楼门，他五楼，我二楼。

陈浩又嚷：亲了咋？不亲又咋？亲不亲，事上分。那个狗屁的厂长讲话时还说亲爱的工人弟兄呢，可他把他亲弟兄的闺女划拉到他被窝里去了……

那一晚，袁洁叫过对门的张嫂，给陈浩又是擦又是洗的，一直把他服侍得呼呼睡去才回家。开了门，她掀过挂在门旁的小黑板，上面有许多正字，每一笔都是陈浩醉酒的记录，她用粉笔又添上一笔。她知道，不定哪天，陈浩来串门，看了那记录，一定又会咬破手指头，用鲜血把那一笔也涂上。唉，宁死而屈，只悔不改，又有什么办法？

晚霞中的红樱桃

机关食堂后厨门外长着一排樱桃树，十多棵，都是一人多高，蓬勃而安静。清明过后，桃花开了，一片粉红，引来无数蜂蝶，嗡闹几天，花谢了，复归宁静。芒种前后，其中的一棵显出了别样，绿叶间扑闪出一串串晶莹，先是羞涩的浅红，接着是张扬的大红，后来就是有了分量的深红，像玛瑙，一串串的深红中也有一两颗乳白色的，那便是珍珠，据说是基因变异，更显出了珍贵。

人们奇怪,一天卖的苗,一天栽的树,别的都是只开花不见果的骡子,怎么偏出了一棵子孙满堂的骏马?

樱桃红的那几天,是邢师傅最忙的时候。邢师傅就住在食堂的休息室时,除了值班打更,还负责清晨的菜蔬采买,第二天要用的鱼肉他也要头天晚上拔进清水,再刮鳞剖腹剔骨头,给大厨做好前期的准备。午前,食堂里那些当服务员的姑娘们来了,坐在门外揪芸豆筋摘芹菜叶刮土豆皮。邢师傅也抱了一捆芹菜,坐在了那棵樱桃树跟前。那饱满圆润红通通的樱桃太诱人,尤其令那些女孩子们流口水。姑娘们七言八嘴,半是玩笑半谴责,说邢师傅啥意思呀?又说那棵樱桃树姓邢啊?没家庭联产承包吧?是想溜须领导还是有了情况呀?你行了吧!邢师傅脸上挂不住,跑进休息室,端出一个大碗来,放在姑娘们面前,说你们这帮小馋猫,吃吧。碗里正是樱桃,一点不比树上的差。姑娘们又说,怪不得呢,原来是留着你自己摘呢。邢师傅忙辩解,说天地良心,这是我骑车子去郊外山上摘来的,我老婆得意这一口,就给你们先吃了吧。

姑娘们忙过午饭前这一阵,等机关里的人们从食堂散去,她们擦了桌子洗了碗,便回家去了。临时工,都是如此。午后,邢师傅提了只小马扎,仍是坐在那棵樱桃树旁,剥蒜剥葱摘香菜。机关里的女同志也知道樱桃红了,她们也馋那酸甜。有人来,邢师傅便从身后又端出那只碗来,说吃这个吧,现成的。女同志说,樱桃也就红这三五天,不摘就落了,谁还稀罕?邢师傅说,树上有洋揪子,蜇人,火烧火燎地疼,别惹它。女同志们不好再说什么,心里却奇怪,你还真是老雷锋啊?

邢师傅在等傍晚。夏日夜长,落日在西天铺展一片辉煌,却迟迟不肯坠入地平线,晚霞将那一串串晶莹辉映出别一样的光彩。去年,也是这个时节,也是傍晚的这个时刻,一个与邢师傅年龄相仿的中年人出现在了樱桃树旁。说是中年,已是满头花发了,估计也有六十来岁了吧,但步履还稳健。看不出身份,一身运动装,挺休闲,但脸色黝黑,手也粗大。他推着一只轮椅,轮椅上坐着一位耄耋老人,老人也是一头银发,只是更稀疏,露出粉白色的光亮头皮。应该是母子吧。儿子将轮椅推到樱桃树旁,母亲伸出枯槁的手,颤巍巍去摘树上的樱桃,动作缓慢,姿态却优雅,摘下一颗便送到嘴里,慢慢抿咂,直至吐出小核,再去摘另一颗。儿子也摘,却不吃,他掏出手帕,四角扎在一起,便成了一个小布兜,他将摘下的樱桃放进去,一颗又一颗。母亲说,你也吃。儿子笑,微微地摇头。那一幕,一直要持续到霞光黯去的时刻,儿子将小面兜放在母亲手上,然后推着轮椅缓缓而去。

那一刻,邢师傅就站在休息室的窗前,痴痴地望着眼前的这幅天伦图景,他不敢出声,更不想出去打扰。在这图景前,他眼前幻化出幼时的家园,四周大山,村前小河,家里的小院一角也长着一棵这样的樱桃树,清晨或傍晚,母亲将他揽在怀里,任由他将大把的樱桃塞进嘴里。有时母亲会说,妈妈也馋了,他便将一颗樱桃送到母亲的嘴里。后来,母亲老了,随他进城了,在躺在病床上的最后日子里,母亲说,嘴里苦,给我一颗樱桃。他去郊外的山上跑,又去城里的大街小巷的水果店和农贸市场转,但哪是樱桃正红的时令啊⋯⋯.

第二天傍晚,中年人又推着老人来了,第三天也来了。但食堂里的那些女孩子们手快嘴也快,他忘了守护,及至第四天傍晚,母子俩只在樱桃树前默默地伫立了一会,便走开了。那一刻,邢师傅心里狠狠地揪了揪,竟生出深深的愧疚。

邢师傅当过兵,他给自己下了一首命令,今年,那棵樱桃树就是阵地，守住，一定要守住，为了那位自己母亲一样的老人。

　　一天，又一天，风吹，雨打，鸟雀啄，红樱桃稀疏下去。那一夜，雷声大作，窗子上还响起噼里啪啦的脆响，下雹子了。邢师傅从梦中惊醒，怔了怔，急抓起一块铺餐桌的塑料布，冲出去，苫在樱桃树上。可清晨，落英变成了落樱，树下还是成了红呼呼的一片。有姑娘挖苦说，邢师傅快学林黛玉，来上一首《葬樱吟》吧。引得女孩子们一片大笑。

　　那天傍晚，又是红霞满天，终于等来了那位中年人，却不见轮椅，更不见转椅上的老人。中年人站在樱桃树前，静静地，一动不动，脸上满是哀伤。他又掏出了手帕。树上的樱桃已寥若晨星，但隐在树叶后的晶莹却更硕大，也更圆润。邢师傅心里紧了紧，抓了两只纸杯赶出去，问："大姨呢？"中年人长长地叹息一声，"明天是我妈的七七忌日，老人临死时还说，怕是吃不到今年的樱桃了。"

　　邢师傅鼻子酸上来，他递过去一只纸杯，自己手里也留一只，两人一起无言地摘起樱桃来。

老人与蛇

　　我当年下乡插队的屯子叫徐家台，位于大凌河畔，村西有片涝洼地，荒草萋萋。乡亲们一次次提醒，说那片洼地可不能去，那里长虫多，且多为毒蛇。惊得知青们不禁色变。乡亲们又说，咱屯也就徐老顺不怕蛇，三伏天他敢脱光了膀子钻进荒洼睡大觉，出来时保证屁事没有。说得我们又将信将疑。

徐老顺是生产队的车老板,很精壮很粗豪的一个人。那年趟二遍地,我给掌犁的徐老顺牵牲口。歇崩儿时,我问,有人叫你顺蛇天王,真的假的?徐老顺指了指那片荒洼,迈步便走,我胆突突地跟在他身后。突见一条俗称野鸡脖子的毒蛇从草丛里窜出,飞快而逃,徐老顺大喊一声"嗨",那蛇好像中了定身法,立刻停在那里不动了。徐老顺走上前,把手伸出去,那蛇便乖乖地爬到他掌上,盘成一坨再不动。我看得目瞪口呆,问蛇为啥怕你?徐老顺说,我也说不清,我三岁时就敢跟蛇在一块玩。长虫这玩艺,不论有毒还是没毒的,你不招惹它,它也不祸害你。大小是条命,咱祸害它干啥?再说,它还吃耗子,耗子可是败家的东西。你说是不?

我后来抽工回城,进了报社,一晃儿二十多年过去了。前几年,我听说徐家台出了个养蛇专业户,很自然地想到了徐老顺,便急急跑去采访了。

养蛇场就建在那片荒草洼上,水泥板墙圈成好大一个院子,院里一座白色的三层小楼,还有几大排蛇笼。蛇笼也是水泥筑就,上面罩了一层很细密的铁丝网。场主却不是徐老顺,而是他的儿子徐军。徐军说,我爹只管抓蛇,让他养让他卖都整不明白,还老跟我犯叽叽。这是又到河洼里转去了。

徐老顺是踏着晚霞回到养蛇场的。老人已瘦削伛偻得厉害,全没了往日的精壮,跟我叙旧时一直倒背双手,手上提着瘪瘪的布口袋。徐军说,爹,先把蛇放到笼里再聊吧。徐老顺便将袋里的三条蛇倾进笼里。

我问,这东西不好抓了吧?

老人诡秘一笑,小声对我说,虽说没有前些年那么多了,可一天弄个几十条还不难。我是轰不动大牲口啦,又不想白吃白喝看他们的白眼,要不,哼,就这三条,他也休想!我是专挑有毛病地给他带回来,不然也不能生儿育女啦!

我又问,就为抓三条蛇,不过你老抽袋烟的工夫,怎么一走就是一天?

徐老顺说,我顺河套溜达,累了,找处荫凉躺下歇,找来几条粗大些的长虫,让它们趴在我身上,那东西把凉啊,三伏天在这心口窝一盘,啧,那美劲,甭说啦!

我有些听呆了。那是一幅何等美妙的天人合一图景:蓝天白云,清流碧草,一位白发老人袒胸露腹,静卧草中,几条蛇在他身上温顺地盘卧……

老人愈发显出孩子般的天真,很神秘地对我说,我再跟你说件奇事。过大坝往西,有一片草滩,草滩里有条小白蛇,二尺来长,通体银亮,稀罕死个人!那小东西打去年夏天就跟定了我,只要我一进那片滩,它就簌簌地跟在后面。我躺下,它就盘到我脖上来。你说奇不奇?

大凌河是条桀骜不驯的河,只要上游地区下暴雨,下游河道便浊浪汹涌,不亚黄河汛期的势头。去年夏天,一场洪水过后,有人提供新闻线索,说大凌河畔有一养蛇大户,大水到来之际,为了防止毒蛇伤害护坝军民,不惜蒙受巨大财产损失,将圈养的毒蛇全部斩杀,而场主的父亲却不幸死于蛇口。我立刻想到徐老顺,大惊,也大疑,一个视蛇如子,又天生让蛇惧畏的老人,怎么可能?

但死去的确是徐老顺!那天,指挥部紧急通知,说洪峰正向下游迅猛推进,要求立即组织沿岸民众疏散。徐军得到消息,命令雇工在撤离前将所有的蛇笼用铁网紧紧拧死。徐老顺急了,说人的命是命,蛇的命就不是命啦?这么一整,大水真要下来,几千条蛇可就全完啦！徐军说，水崩坝我认倒霉，只要大坝没事，这些活物就还是我的。徐老顺见儿子不听商量，转身进楼，砰地关死了楼门，扔下话，那我就跟蛇在一起，不走啦！徐军追过去，破了嗓子喊，爹，这是啥时候，你还赌气？水火无情啊！徐老顺骂，说人呢？人也不讲情义？你吃的喝的住的，啥不是指望着这些活物？眼看大限到了，你撒丫子跑人，却连条生路都不给这些活物留，你还是人吗？徐军急了，命令雇工破窗入室，抢他出来。徐老顺蹬梯上了楼顶，说你要再逼我，我就一头扎下去，先摔死给你看！儿子无奈，说爹你可千万不能下楼。咱这楼清一色水泥捣制，一般的水势冲不倒它！你老保重吧！

徐老顺眼看着人们撤离而去，就找了根铁棍，急慌慌把所有蛇笼的铁网都撬开。蛇们似也知道情况危急，滚涌着冲出笼门，四散窜逃。但就在这时，大门外摩托车响，乡里的通讯员隔着大门喊，老顺叔，乡长派我送话，说有毒的蛇一条也不许放出来！大坝上抗洪的军民上万，只怕毒蛇伤人啊！徐老顺一时呆怔，刚才光想救蛇，咋就忘了这个茬儿？他转身抓起一把铁锹，见了毒蛇便劈，便拍，满面泪流，嘴里叨念，别怪我徐老顺无情，人命关天，孩子们啊……

徐老顺斩蛇这一幕，通讯员尽收眼底。大水就是在那个时候排山倒海冲漫过来。好在不是大坝崩塌，而是洪水从支流倒灌，附近几个乡镇顿时变成一片汪洋。

大水过后，人们在小楼顶上找到了徐老顺。徐老顺仰卧楼顶，双目微阖，神色安详，看不出死前有痛苦挣扎的迹象。令人惊异处，是最先登到楼顶的人曾看到徐老顺的胸口盘了一条白白亮亮的小蛇，见人们近前，便哧溜一下逃走了。细察徐老顺的遗体，只在脖项处发现了两点细浅的齿印，是蛇伤。人们大惑不解，蛇虫惧他,如鼠避猫,怎么这一次就偏伤了他,而且一口夺命？难道真是天意吗？

我参加了徐老顺的葬礼。乡里考虑到徐老顺有保护抗洪军民的大义之举,批准可以土葬。部队还派来一个少校军官和一个排的士兵。当民间乐手吹起高拔哀绝的唢呐,棺木缓缓落入墓穴那一刻,众人眼见有一条白亮小蛇从脚下草丛里窜出,眨眼间便钻到棺木下不见了踪影。徐军大惊,端在手里的锹停住了。我对他说,大伯说过,他有这么一个朋友,它要陪伴老人,就让它去吧。

少校挥手,士兵们的枪声震耳炸响,那余音在天地间久久回荡……

非典型春夜

晚饭撤桌时已不早,又陪客人唠了一阵嗑,看客人捂了嘴巴打哈欠,女人便扯了一把男人,说天不早了,咱们回屋吧。又指指卷在一起的行李对客人说,被褥我铺好了,你们放开睡就行。客人不再客气,对女人说,今儿都没少喝,你扶着点老弟。

客人来的是三位,核心为一人,另两位是随从,秘书和司机,小汽车就在院心停着呢。客人官不小,堪比古时州牧。人家说来"五同",同吃同住同学习同劳动,还要和村民一同研究致富项目。

两人到了东屋,女人闩了门,挂了窗帘,站到放在板柜上的被垛前发了一阵呆,问,最上层是你的吧?

男人嘟哝说:我们两口子是睡一被窝。

女人的脸腾地红了,低声说,这个你休想。一两晚上的事,不过是演演戏。

男人也红了脸,吭哧说,看你,想哪去了。我的意思是说,你随便扯下哪床盖。

那你呢?

我抽抽烟,等天亮吧。

老虎打蔫可不行,明天领导还要咱们陪着同劳动呢。再说,谁知夜里抽冷子会来什么事,真让他们看出差头,那可坏菜啦。你没看电视剧《潜伏》,那男的和假媳妇进了家,还故意摇晃一阵床呢。

女人把被褥铺好了,是两床,并排挨着,然后脱去外衣外裤,裹着贴身的绒线衣钻进了被子。男人则将自己的被子卷上去,盘腿坐下,又卷老旱烟。

男人说,你的心可真大,不怕老爷们的牲口劲儿上来呀?

女人说,大哥真要是那种人,这个任务我也不能接。

男人说,是不是那种人,也好说不好听。俺家那口子真要连夜跑回来,这裤兜子里的泥巴,不是屎也是屎。

女人说,县城离着几十里呢,夜里又没班车,她咋回?

可你家俺妹夫就在村里,真要有事找你,也就兔子一窜垅的事。

女人冷笑,你以为乡官和村干部们在家睡大觉呢?都接了任务围着你家放哨巡逻,说是要保证领导安全,整夜的。就是眼下俺家有天大事,怕他也难过封锁线啦。你不睡,俺也得关灯啦。

男人叹息了一声,仍坐着,说,关就关吧,你再陪我说说话。

你说，一个市足有好几百万人，这个领导咋偏看中了我家呢？

领导在饭桌子上不都说了嘛，看你在大棚种山野菜有了效益，报纸上还登了你干活时的照片，才奔了你来。领导这叫总结经验，全面铺展，不懂啊？来了你也没亏，咱就不说乡里事先给你家拉来的那么多少面鱼肉啦，光那三个人的铺盖，都是名牌，里外三新的，哪一套不得几百上千。他们用过了，还能带走呀？

也不是我得了便宜又卖乖，咱庄稼人，还能指靠这个发财？我只是纳闷，怎么偏赶这档口，俺家那浑小子在学校犯了事呢？那事看来还不小，非得逼他妈扔下家，立马赶到县里去，不然明天就不让上学了。

女人想了想，翻身坐起，低声说，那我就给你交个实底，你儿子没事，有也是屁大的事，风一吹，连点味儿都留不下。你尽管放心睡觉就是。

男人吃惊了，你咋知道？

女人说，这事要怪，也只能怪你家大嫂那张嘴。今儿晌午那顿饭，坐在炕头上的是县领导，人家是预先来打演习的。可你想想嫂子都说了些啥，不是骂村里的虮子官，就是对乡里县里的干部有意见。不然，县领导也不会让我这个村妇女主任替补来演这出戏。人家是怕市领导来了，大嫂顺嘴胡说惹麻烦。

男人愈发不解了，说，电话确实是校长亲自打来的嘛，我接的，说我家那崽子夜里溜出学校去网吧，不趁早管教了不得，那瘾养成了跟吸毒一样祸害人。

女人说，校长打电话又咋？他不过是奉命行事，调虎离山，调的就是大嫂这只母老虎。

男人不言了，一口接一口地紧吸烟，烟火在黑暗中忽明忽暗地闪。女人用被角捂住了嘴巴，很快，小呼噜响起来了，但不重，像催眠的夜曲。

夜深了，不时传来几声狗叫。男人终于抵挡不了倦意，歪着身子倒在枕上，嘴里还骂了一声，也不知在骂谁。

突然，西屋传来响动，灶间也亮起了灯光。男人和女人都听了命令般翻身坐起，女人揉揉眼，也拉亮了灯，故意大声说，当家的，快起来，看看是不是哪位领导有事情？男人下了炕，女人急扑过去，三下两下扯开他的大棉袄衣襟，又拍拍男人的裤腰。男人会意，将棉袄脱下来披在肩上，又解开裤带将裤子提在手里，趿着鞋，打着哈欠出去了。过了一会，男人回来，说领导是起夜解手。女人仍大着声音说，不是备下了痰盂吗，就用呗，不怕感冒啊。男人说，城里人不是不习惯嘛。女人说，那你快钻被窝，病了我可不伺候你。男人挤眼笑了笑，裹了裹衣襟，又歪到枕头上去了。

总算熬到了天亮，女人做早饭，客人们忙着刷牙洗脸。吃早饭时，领导说，省里通知开会，吃完饭我们就要回去了。男人问，不是还要去大棚吗？市领导说，等有空，我们再来。

小汽车开出村子后，女人从西屋慌慌跑出来，手里还拿着一张照片，说坏了坏了，露馅了，不然这张照片怎么裹进了领导的被子呢？男人接过照片看，全家富，是他和媳妇庆祝儿子考上县高中时照的。他眨眼想了想，说想起来了，我家小子把照片夹进书里，随手压在了炕头席子下，怎么就到了被里去了呢？女人说，领导夜里睡不着，就翻出来了呗。男人说，他肯定看出来了吗？女人说，除非是傻子。男人说，那他为啥啥也不说呢？女人想了想说，他不说，咱们也不说，跟谁都不能说，记住没？

各行其道

教师节前,学校给每位老师发了一张代金券,说是可以去品牌店选购一件衬衣。人有高矮胖瘦,自己去选,各所其所。秦老师看了券,没有截止日期,那就以后随便哪天去选,时已入秋,不急着穿那件衬衣了。

国庆后的一天,秦老师去了那家品牌店。售货员接券看过,说对不起,过期了。秦老师吃惊,问哪儿写了期限?售货员指点说,这一行手写,签发日期:9月9日至9月19日,已经过期十多天了。秦老师赔笑说,衬衣不怕变质,你帮我选一件就是了。售货员坚决地摇头,说经理有话,过期的概不兑付。秦老师说,那就把经理请出来吧。

经理很快就来了,女士,三十多岁,来了脸就绷着,说售货员没说明白吗?秦老师心里不悦,便也冷冷作答,这券上哪里注明了有效期限?经理说,这签发日期是什么?秦老师说,签发日期不能代表有效期限,比如胡锦涛签署国家主席令,你总不能说他签署的当日,那道命令就作废了吧?经理立了眼睛,说你什么意思?秦老师说,我不过打个比方,省长令市长令也一样,天无二日,大道归一。

对话到了这个份上,经理便把冷漠增加了力度,手掌啪的一声拍在柜台上:你少给我装文化人,跩什么跩!但凡是个人,也知道这纸片片上写的是什么!

秦老师立刻反击:但凡是个人,也不会这么写!

你怎么骂人?经理一双杏眼瞪圆了。

是你不逊在先,我不过还以尔道!

经理转身就走:那你就"道"吧!咋道,这张券也是一张破纸!

秦老师抓券在手,也吼:我不信天下没有说理的地方!

出了品牌店,秦老师的手还抖着,车钥匙好一阵才插进锁眼。待冷静一些,他就想起了消费者协会。这世界,总不能没了起码的公平!

消协设在工商局大楼里,拐弯抹角找了好一阵。屋子不大,却围了好多人,眼见心里都有怨怼。好不容易轮到秦老师,工作人员接券看了,微微摇头,口气却温和,说老同志,气大伤身,健康要紧,您就别追究什么字眼了吧。这券上注明的意思还是明确的。至于她们的态度,我们一定严肃批评。

秦老师无奈了,消协是掌握经商法度的地方,人家都说你没理,还计较什么呢。他讪讪地走出办公室,没想身后却跟出一位青年人,小声说:大叔,能把券给我看看吗?

青年人把那张券看得极仔细,又问:大叔贵姓?还没退休吧?

什么意思?秦老师心生疑惑。

也许,这事我能帮您解决呢。

我姓秦,是市二高中的老师,教语文。

哟,秦老师,失敬失敬。这样吧,那家店,我有熟人,您把券给我,我按券如数付您现金,可以吧?

此后的日子,秦老师没把这事说给任何人,包括老伴。除了让人责怪你一声拖沓和窝囊,还能证明什么呢?没想,深秋的一天,品牌店的女经理突然来到学校,满脸堆笑,手里还提着一个极精致的衬衣包装盒,虽是同一品牌,档次却大不同了。经理说,实在对不起，上次我的态度不好，今天专程来表歉意。秦老师很淡漠地说，有这态度就行了，东西请带回，我还有课，恕不奉陪。经理只好走了，却把衬衣留在了教导室。隔一日，消协的那位工作人员也来了，手里提着西湖龙井茶，说上次的问题我们处理得有失草率，特来接受批评。此公不比女经理，上次就温和，此番更是春光洋溢，秦老师就不好绷着脸了，也只好接受了人家塞到怀里的礼物。

秦老师心里奇怪，数九花开，冰寒乍暖，这是怎么了？数日后，报纸发出一条消息，才让他疑云顿释。消息说，某有识之士为消费者讨公道，已将某品牌店告上法庭。起诉者认为，品牌店在代金卡上以签发日期冒充终止时限，有故意误导消费者以侵吞暴利之嫌。起诉者还将市消协一并列入被告，认为这是官商勾结互分渔利的典型案例。

那件高档衬衣和龙井茶叶早就让老师们心生奇怪了，见了报纸，似都大悟，纷纷议论，说到底是教语文的，一字一词，都知玄妙，真是赚大啦！只是秦老师做得有些小气，早见商机，为什么不让大家一起分享那道鲜羹呀？

那些日子，秦老师突然变成了祥林嫂，见人就说，我没想到，真没想到……

晒　果

北方大学校庆六十周年，校友们从天南海北汇聚校园。

庆祝大会结束，99 级曾同住 302 室的七姐妹拥进了六妹冯洁开来的别克商务车。八妹说,正好王玲在国外没回来,不然,这七座车怕是不好坐呢。冯洁说,就是你们把先生孩子都带来,也不用愁,我家还有奔驰宝马。五妹张燕吐了吐舌头,张口还是那地道的铁岭味儿,说我的妈呀,赵本山进饭店,那叫不差钱,跟咱冯洁出门,不差车!人家家里有车队。众大笑。

商务车开到江北半山腰一处绿荫掩映的别墅前停下。眼前蓝天白云,江水如练,身边花香暗涌,鸟儿啁啾,端的是好个居处!众人跟在冯洁身后楼上楼下参观一番,这才在宽大豪华的客厅里落座。大姐吴霞说,虽说岁月更迭,时光无情,可我这个大姐却是谁也抢不去的。咱们毕业后一别十年,此番聚会的第一个议程,先请各位姐妹把走出校门后的这些年工作或家庭的收获与成果说一说,套用网络上的语言,就是都晒一晒,可好?众人赞成,目光齐刷刷投向冯洁,喊主人优先。

冯洁哈哈笑,说还让我说什么,大家把我的车坐了,窝也看了,这就是我的成果啦。我的家,男主外,女主内,大事他拿主意,小事由我做主。但有些遗憾的是,家里还一直没碰上什么大事呢。在众人的笑声中,二姐小声嘀咕,她先生怎么不出来露一面?基本的礼节嘛。张燕暗中捅了二姐一下,附耳说,小三扶正,一家之主可能比你老爸岁数还大呢,免了吧,都少份尴尬。

一直在低头摆弄 Apple 的六妹大声喊,我把王玲联系上了,这里的信号不稳定,快让她说吧。

大家围过去,屏幕上的王玲怀里揽着一男一女两个高鼻梁金头发的孩子。王玲说,姐妹们,我真恨不得立时就飞到你们身边呀,可我这两个中外合资的小杂种不好托付啊。毕业后,老爸让我出国学习酿造葡萄酒,我就来了法国。酿造学得一知半解,却在这里结婚生子,造出了两个小宝贝……

　　屏面模糊起来，果然是信号难保证。一直矜持着的四姐李韵说，比起王玲，我只有惭愧，到现在，已熬成斗战圣佛了。这些年，我作为回了老家的选调生，先是去乡，后是到县，每天除了开会，就是调研，今年春天，我当选了副县长。我知道自己的能力，但又不好辜负组织和民众的期望，那就硬着头皮，小车不倒只管推，继续努力吧。我真诚地邀请各位姐妹们有机会去参观指导，不论何时，食住行，我一包到底。快嘴的张燕问，伯父……还好吧？李韵说，年纪不饶人，他去了市人大当主任，就算二线了吧。

　　七妹赵小穗性情依旧，很少说话，这时，却抢着说，我只请下了一天假，一会就要坐火车往回赶，让我说吧。这些年，我一直在搞特殊教育，具体地说，是教育聋哑儿童。其实，很多聋哑人的病根是在耳朵，发音器官并没问题，如果引导得当，还是能说出话的。让我引为骄傲的是，十年来，在我教过的 286 名孩子中，已有近百分之七十能发声说话并提笔写字了，眼下班级里的 35 名学生，也有二十名见了成效，他们都喊我妈妈。请大家现在就听听他们的声音，都是我平时用手机录下来的。

　　大家静下来，眼睛都盯着赵小穗手里的诺基亚老式手机。那一声声的妈妈，或羞怯，或生涩，或柔弱，或硬朗，却无不透着难以掩饰的激动。王玲问，特殊教育的老师，工资也特殊吗？赵小穗答，一千四。我的那位是我的同事，两人加一块，在小县城，够花了。李韵轻轻叹息一声，问，我给你写过信，也打过电话，不止一次，你怎么就不肯去我那里呢？县城虽小，却有小的好处，许多事，我和主管领导沟通一下就解决了。赵小穗答，再谢四姐了。我老爸瘫在炕上，老妈的身体也一年不如一年，我留在老家，多少总能帮助他们一些。再说，我一说走，孩子们就拉住我哭着不撒手呀。张燕问，孩子们为什么都喊你妈妈呢？赵小穗淡淡一笑说，也许,是孩子们想以此为纪念吧。

说话间,手机响,赵小穗拿起看了看来电显示,按下了扩音键,让大家一起听。竟辨不出是男孩还是女孩,颇为沙哑,还显笨拙,停停顿顿的。"妈妈,我会读毛主席诗词了,我想读给你听。风雨送春归,飞雪迎春到……待到山花烂漫时,她的丛中笑……"

时间不等人,赵小穗告别,姐妹们拥着她,一直走出老远。赵小穗回过身来,对仍目送着她的姐妹们熟练地打起手语。她在说什么?没人看得懂。大家一时泪眼蒙蒙,只是不停挥手,不知该说什么。大姐喃喃地说,我们这八姐妹,要讲这十年的人生收获,谁也比不得小穗呀……

玩 笑

李海仁原是县委办公室的主任,调到市委机关的一个处当了两年副处长,再回马一枪杀回来,已成了县委副书记。

十余天过去,礼节性的应酬总算如退去的潮水,渐渐远去。那一日,傍晚下班时,纪检委的大姜和组织部的马恒见李书记的办公室一时清静,便拉扯着踅进来,说,"海仁,今天你总算给老同学留卜点叙叙旧的机会。晚上聚聚怎么样?"

李海仁说:"行,今天晚上就是咱们老同学单练。看看还有谁,都叫上。"

马恒说:"在家的可能就剩景元了。这事怕都找齐也难。"

李海仁说:"那就咱们四个。你把景元马上叫过来。"

大姜说："我看他屋里有上访的,正哭天抹泪的呢。是不是等等再说?"

马恒说："那还有个头?就说李书记找他有急事。"说着,已抓起了电话机。

林景元是现任的县委办主任。马恒放下话筒,就怪模怪样地坏笑了,说："既说有急事,总得有事让他急一急,不能便宜了他。"

李海仁说："你小子是不是又有什么鬼点子了?"

马恒说："你就亮一亮书记的威风,诈诈他,让他交代交代违纪行为。"

一句话提醒了大姜,忙从衣袋里摸出一只乡镇寄到县纪检委的信封,放到李海仁面前,说："好主意。我这儿有现成的道具,不怕吓不出他的屎尿来。"

李海仁立刻心领神会,笑道："你们一个编,一个导,留给我的也就是个演员角色了。好,一会儿景元进来,你们要好好配合,都给我绷着点,谁也不许穿帮。"

说话间,就听走廊里有脚步声。李海仁一个手势,另两位就做了个鬼脸,规规矩矩坐到对面沙发上去了。林景元推门进来,见了屋里的架势,忙敛去脸上的笑容,小心地问："李书记,找我有事?"

李海仁不冷不热地斜了林景元一眼,面孔竟仍是对着那两位,很严肃地说："今天我只是了解了解情况,你们嘴巴都要严些,没有扩散传达的任务。"

大姜和马恒鸡啄米似地忙点头,表演得很本色。

李海仁又颐指气使地摆摆手,两人就起身离去了,谁也没跟林景元说什么。

李海仁这才指了指对面的椅子,对林景元说:"坐吧。"

林景元惴惴不安地坐了下去,他看到了书记书案前的那只信封,他又看到了李海仁有意无意地把那封信拿起来,又放回去。屋子里很沉闷,一时两人都没话。

李海仁紧绷着脸,不让自己笑出来。他知道自己的即兴之作很到位,并不需刻意地表演什么,只要把眼前的人当作跟自己并无任何瓜葛的违纪之徒就是了。

林景元终于沉不住气了,小心翼翼地问:"李书记找我……不知是什么事?"

李海仁长叹了一口气,说:"有些情况,纪检委反映到我这里来。我思来想去的,还是先找你谈一谈的好……争取主动吧,也许对下一步的处理有好处。"

林景元更有些坐不住了,问:"什么……反映呢?"

"我要给你点出来,还有什么争取主动的意义吗?"

"是不是……吃吃喝喝方面的?"

"如果仅仅是吃点喝点的事,也就犯不上我来亲自找你谈了吧。"

林景元脸色变白了,脑门上出了一层细细碎碎的汗珠子,从衣袋里摸索出一支烟,手也抖抖索索点不住火。李海仁心里乐,面孔却越发冷若铁板,身子仰靠在皮转椅里,有滋有味地品咂着游戏的乐趣。

"李书记,这次您回县里来……咱们老同学都……跟着高兴。我真要有点……什么闪失,您还得多……"

"我这不就是在给你创造机会嘛。不是考虑到老同学,就简单了。"

"我……就、就是……"林景元吞吞吐吐的,真的就要坦白交代什么了。

李海仁心里突然生出几分莫名的紧张。坏了，戏演过了，林景元真要说出点什么来，自己是真戏假唱还是假戏真做呢？慌急中，他就捂着嘴巴狠狠地咳嗽起来。他要咳出随机应变的招法，他要用咳声唤回那恶作剧的始作俑者来。

"我……当时也、也没想……"

房门突然被撞开，冲进嘻嘻哈哈的那两个活宝来，抓住那林景元就拍拍打打地笑个不休。李海仁也哈哈笑起来，说，"看把景元吓成了什么样子。"

林景元旋即也就明白了这不过是一个玩笑。他脸上白一阵，又红一阵，本想发怒，可扫了李海仁一眼，又把已到嘴边骂人的话咽了回去，只是手下加力地狠狠给了那两位几拳，掩饰地笑骂："我早知是你们两个小鬼撺掇阎王爷吓唬我，你以为你们会演戏，我就不会顺杆爬呀？"

马恒揉着被打疼的肩胛，回骂："屁，还演戏呢，演戏脑门子上出那些汗？"

林景元恨道："你们谁也别美，真要遇到刚才的一场，还许不如我呢。哼，咱们谁不知道谁？"

李海仁心里悠了悠，忙说："好了好了，演出到此结束。走，乐嗬乐嗬去！"

深　入

　　夏伯舟除了是副县长,还有一个更真实的身份:作家。省作协安排一些有实力的中青年作家挂职深入生活,夏伯舟便来到了这个山区的县城,行有车,食有鱼,结交了一批新朋友,县城里庸常的生活到了他眼里,一切都是新鲜活泼的,感觉不错。

　　县办秘书小余是个文学爱好者,作品没少读,偶尔也小试牛刀,身边来了大作家,于他,无疑是个近水楼台的机遇。这一阵,小余去大山里的佟家沟定点扶贫,隔个十天半月的回县里一趟,常到夏伯舟的办公室坐一坐,扯一扯,说些小山村里的趣事,引得夏伯舟好不眼热。夏伯舟说,哪天,我跟你去玩玩,行不行? 小余说,求之不得呀! 您把时间定下来,我让村里做好准备。夏伯舟忙摆手,说可别,那叫扰民,没意思。我去,就是你的一个朋友,你千万不能暴露我的副县长身份,大家都随意。不然,我就不去了。小余想了想说,就说您是帮我搞电脑的朋友,名正言顺。夏伯舟说,只要别露乌纱翅,咋都行。

　　这也不算撒谎。一个月前,小余回来说县教育局要求每个中小学都要配置电脑,村里的小学校没辙了,请他帮忙想办法,夏伯舟就主动把这事揽了过去。县建设银行的行长是他念大学时的校友,一声令下,五台电脑更新换代,撤下来的都拉去扶了贫。夏伯舟对小余有叮嘱,说我可不图虚名,不然,别的扶贫干部再来找我,可就是猪八戒养孩子,难死猴了。

全民微阅读系列

那天,夏伯舟是坐县里的小汽车去的佟家沟,离村口还有二里地,他就下了车,随候在那里的小余步行进村。夏伯舟对司机说,晚上六点,你来接我。

小余在村里混得人缘不错。听说他的朋友来了,村干部、小学校长、房东,还有一些村民都跑了来,嘻嘻哈哈的好不亲热。村委会主任佟大林说,城里的哥们儿来了,图的是山里的新鲜,走,转转去。小余问,午间还回来不? 佟大林说,随你支派。小余便在小卖点买了一堆面包饮料火腿肠什么的,几个人抢着分提在手上。

一路行走,一路说笑,家长里短,荤荤素素,想到哪里说哪里,全无顾忌。在林子一隅,佟大林只说去撒尿,再露面时手里竟多了支双筒猎枪。夏伯舟惊异,说你们这里还许打猎呀? 佟大林挤挤眼,说啥许不许,城里的官还不许腐败呢,玩玩呗。

几人在山上玩得挺高兴,打了一只野兔,三只野鸡,有一只还倒在夏伯舟的枪下。佟大林说,要是命好,再撞到咱枪口一只野猪或狍子,更美了。太阳压了西山时,几个人回到佟大林的家,猎物往锅台上一扔,几个女人便忙起来。

擦了脸洗过手,在等着开饭的时间,小余打开电视机,把遥控器顺着频道一路选下去,正巧见一家电视台正播一部根据夏伯舟写的小说改编的电视剧,便停下了,说就看这个,写咱乡下的,老有意思了。没想那几人看了一会,便挖苦起来,说这作家,闭着眼睛吃荆条拉粪箕子,瞎编,乡下人要这么过日子,得喝西北风去。心里还有些得意的夏伯舟尴尬得不知说什么好,忙说换台换台,挑好看的。

一大盆鸡兔乱炖端上来,几大碗烈性烧酒斟下去,碰杯,喝酒,不讲斯文,豪情万丈。席间,佟大林还叫把村里几个能喝会讲的找来,南山打狼,北山擒虎,谁谁谁偷了小姨子,谁谁谁扒了叔伯嫂子的裤子,四大红,四大绿,四大埋汰,四大窝囊,谈兴是风,酒力是火,火借风势,风助火威,彼此间放声地笑,大口地喝,转眼间,几瓶酒已见了馨尽。

谁也没注意窗外的夜幕已降下来,谁也没听到院门外汽车的轰响。及至司机推门进来,叫了声县长,热火朝天的酒席陡然就静了下来,就好像一团烈火猛然被冷水浇灭。佟大林将擎在手里的酒碗放在桌上,红着眼睛怔怔地问,你……你是县长?夏伯舟忙端酒赔笑说,今儿我什么都不是,只是个朋友,喝酒,喝酒。又问司机,你怎么找这儿来了?司机说,我在村外等了一阵……

酒却再难喝得欢畅,也没人再讲笑话,有两人只说上厕所,便再没见回来。一桌酒席礼貌而冷清地收场。

三天后,小余再回县政府,见了夏伯舟就说,夏县长,我回来了。

夏伯舟没太在意,说,回来好,也该歇几天了。哪天再回去?

小余蔫头蔫脑地说,就不回去了。

夏伯舟一怔,问,怎么个意思?

小余嘟哝说,那天的事,村里人挺生气,说我没把他们当朋友……

夏伯舟心里堵了一下,说,是不是他们想多了?要不这样,哪天我跟你再去佟家沟,我请罪,我解释。

小余摇头说,只怕越描越黑。他们说,佟家沟穷得起,可傻不起……

夏伯舟无言了。那一刻,作为作家的他似乎明白了许多,却又越想越难得要领了。

老牛车上的钢琴

　　砬沟村小学校长谢海是入夜时分进的杜老明家。村主任杜老明大号杜明大,年近花甲,村里人便都喊他杜老明,含着敬畏在里面。杜老明喝了酒,正歪在枕头上迷糊。都是村里的老哥们儿,彼此也不客气。谢海说,今天我去乡里开会,市里白给了一台钢琴,说是市长亲自拍的板,全市一个学校一台,票儿已经在我手里了,要求三天内必须拉回来。杜老明不以为然,说那你就拉嘛。谢海说,我驾辕?你总得给我派辆车。杜老明说,又不是生产队了,谁家车让你白使唤?谢海说,那你点钱,我进城雇辆车也成。杜老明说,我要有钱,早给学校买煤了,看孩子们冻的呲牙咧嘴好受啊?咦,那台钢琴值多少钱?谢海说,听说从厂家批发,也得万八的。杜老明惊得翻身坐起,嘴里嚷,操,那还不如给学校拉来几吨煤呢!谢海往门外溜了一眼,小声说,校长们也都这么想,可乡里有话,钢琴是市领导对乡村儿童的关怀,一定要用在实处,不许卖!杜老明又骂,我也不是小瞧你们学校的几位先生,扔下粉笔头,哪个回家不是撸锄操镰的主儿?一个个手指头像烧火棍似的,还用在实处呢。谢海尴尬地笑,会不会也得把它拉回来,过些日子市里还要来人检查呢。杜老明扯过烟笸箩,卷了一根烟,吸去大半截,才说,明早鸡叫两遍,我赶上我家的老牛车,你跟我一块走,到地方再说,能卖就用那钱先买一吨煤,卖不了就拉回来。谢海再强调,上头有话,不许卖。杜老明说,上头的话多了,还不许用公款大吃二喝呢。你不用怕,这个事,出了毛病算我的,大不了撤了我这个虮子大的小村干部。

两人是顶着满天的星斗上路的。时近腊月,寒风刺骨,谁也不敢坐车,都跟着四条腿的牲口在路上跑。傍晌前,果然就进了县教育局的大院。大红的横幅标语挺显赫,加强素质教育,回报领导关怀。大院里人头攒动,车辆拥杂,五花八门,什么车都有,竟还有毛驴仰着脖子呜嘎地叫,与汽车的笛笛声汇成合唱,不甚和谐。果然有人鬼鬼祟祟地往前凑,问卖不卖,又说给六千,一手钱,一手票,都利索。杜老明心动,谢海却犹豫,说还是等上级检查过了再卖,免了费话。杜老明便对买主说,等等吧,消停了再说。买主却急切,说我先交一千元订金,过完春节我去拉货。两人觉得这也不错,有了千元在手,就可以先拉回两吨煤过冬,便应允了。

摇摇晃晃吱嘎乱叫的老牛车载着现代的时髦玩意儿回到大山里,已是夜深。临进村,杜老明又有了主意,说钢琴进了学校,没几天又卖了,不定在老师和学生间惹出些什么闲话,传进领导耳朵,又是一场麻烦,这事最好只你知我知。谢海问,又不是拨浪鼓,这东西你能掖怀里?杜老明用鞭杆指着村外的废砖窑,说先藏这儿,反正冬天也没雨。上头检查的事,多是用嘴巴说说,哪能挨村跑,真要非来砣子沟,咱们现往学校拉也赶趟儿。谢海担忧地说,不会丢了吧?杜老明说,除了你我,天上的星星还能下凡来做贼?再说,这么大的摆设,村里人谁敢往家里搬?搬了又往哪儿藏?藏了又有个狗屁用?

老牛车进了废砖窑。老牛饿了一天,不能不拉回去喂喂,这好办,叠几块砖头将车架起来,牛就卸套了。不好办的是车上的钢琴,两人怎么卸?杜老明说,这也好办,明天,把你儿子叫来,再加我们爷俩，四个人，足够了。

　　但第二天一早，谢海再跑进杜老明的家，天地就突然翻覆了。谢海惊慌地说，不好了，钢琴飞了！同样大惊的杜老明急随谢海往砖窑跑，果然看到只剩那辆破车还支架在那里，仔细往窑外找，便见了两道辙印，是汽车的。谢海说，会不会是买钢琴的那人一路偷偷随了来，看咱们把钢琴放在这儿，就在夜里下了手？杜老明说，八成。谢海说，报警吧？杜老明却摇头，报了就能破？警察来了，人吃马嚼，一架钢琴够不够都难说。这是个偷来的破锣，敲不得。谢海心想，昨儿夜里，杜老明怎么非要把钢琴往这儿放？不会是他吧？杜老明心里也想，不会是贼喊捉贼吧？当然，两人都仅仅是想，谁也不会说破。

　　春节前的一天，乡里突然来了通知，说市里的人明天要来调查钢琴入校后的情况，是抽样，偏偏抽到了砬子沟。那一夜，杜老明和谢海驴拉磨似在地心转，愁眉苦脸，直转到夜深。杜老明将老牛又上了套，赶上了进村的盘山道。山道陡峭，一侧是大山，一侧是悬崖，路窄处将过一辆车。杜老明贴着牛头往崖边挤。谢海惊问，你要干啥？杜老明抹了一把脸上的老泪，说屄顶腔门，就得对不住它了。说话间，老牛破车轰然滚下山崖，两人站在崖边，望着漆黑的崖底，好发了一阵呆。

　　市里的干部来了，看到了崖底粉碎的破车，看到了村民正给死牛剥皮剔肉，还看到山林深处新立起一处土包，土包前立起了一块木牌，上面是谢海的亲笔黑迹，钢琴之墓。杜老明说，钢琴领到手，我怕孩子们稀罕得不知深浅，就先寄放在了城边我妹子家，想等开春专给它盖间屋，谁想到听领导来检查，我急着往回拉钢琴，牛车却滚了崖，可惜啦！

　　市里的干部唏嘘一番，吃完牛肉炖萝卜，走了。谢海说，没了钢琴就得退定金,可过了年,还有一个多月的冷天头,孩子们还得遭上一阵罪呀。杜老明说,早知这样,我还不如当初把牛卖了,贵贱也能换回两吨煤来。

奶奶的吊筐

在我的印象里,奶奶没有独属于自己的东西。一个大字不识,没文化是肯定的了。因为没进过学堂,所以连自己的姓名都没有。她娘家姓冯,据她回忆,家里人和街坊邻居都喊她四丫。嫁给爷爷后,姓氏随夫,她便成了赵冯氏,一直到死,灵牌上也是这么写。

奶奶甚至没有爹妈兄妹。奶奶到我们赵家那一年,辽西大旱,十三岁的她骑上一只小毛驴,由一个叔伯哥哥牵赶着,颠簸了一天,到我们赵家当童养媳。两年后,便成了我爷爷的媳妇。到家的隔日清晨,她醒来时,叔伯哥哥已杳如黄鹤,据说走时驮走了两斗高粱。此后七十余年,奶奶再没回过娘家,娘家也没来人看过她。问她爸爸叫什么名字,她摇头;问她娘家还有什么人,她也摇头;问她家乡的屯子叫什么,有什么特征,她眼里便是久远的迷蒙,摇头说记不得了。

准确地说,在我的记忆里,只有老家房梁上挂着的那只吊筐是独属于奶奶的。昔日的辽西乡下人家,几乎都有那么一只吊筐,细细的荆条编成,悬挂在房梁垂下的一个挂钩上。吊筐的用途与功能类似于我们眼下带锁的冰箱,既防腐,也防鼠。家里有点什么特别的嚼货(食品),比如黏豆包、炒花生或特意留给老人或家里主要劳动力的白面馒头、不掺糠菜的玉米饼子之类,为防馋嘴的孩子,便都放进那里去。吊筐悬于通风处,便可多放一两日,诡诈灵巧的耗子也难以得手。小时,寒暑假我常回老家,爸妈让我带去面包糕点,奶奶都放进筐里。我在外面疯野,饿了,满头大汗地跑回家。奶奶便搬只木凳,跷脚摘下吊筐,或抓一把花生,或递给我一只煮熟的鸡蛋。少年时代的我,奶奶的吊筐就是聚宝筐啦。

前几年,叔叔将老房扒了,盖起了水泥框架宽敞明亮的平房。搬进新居那天,奶奶抱着她的吊筐,在屋里四下踅摸。叔叔问,妈,找什么呢?奶奶说,找个地方把筐挂上。叔叔苦笑,说屋顶连根房梁都没有,挂哪儿呀?你老要是想放什么舍不得吃的嚼货,家里不是买了冰箱嘛。奶奶固执地说,我不管你什么冰箱不冰箱,你把这筐子给我吊上。

叔叔没法,只好在屋顶锤进两只水泥钉,再悬根绳子下来,算是又给奶奶的吊筐找了个安身之处。过年时,我回老家拜年,见新居里当头吊个旧筐,怪怪的,很不协调。便悄悄问婶婶,奶奶的筐里还有什么宝贝呀?婶婶讪笑说,谁知道?吊筐在她头顶上悬着,谁想半夜拿下来看看都难,老太太在这事上犟着呢,随她吧。

去年秋天,奶奶以八十八岁的高龄驾鹤西去。临终前,奶奶用着生命中的最后一点力气对我说,去,把筐拿下来。我摘筐在手,奶奶指着一个裹扎得紧紧的小布包,示意我打开。原来布包里只裹着两只鸽蛋大的板栗,已经飘轻,我摇了摇,便觉栗壳里已干硬板结的栗肉在哗啦啦地晃动。奶奶要到另一个世界去了,要这两个板结的栗子干什么呀?在众人的环视下,奶奶将栗子一手握了一只,安然一笑,喘息着叨念说,当年……我从娘家出来,妈翻出家里的最后一捧栗子,是八个……塞进我怀里。路上,我饿,吃了六个,这两个我留了下来……

奶奶走了。握着两只存放了七十多年的板栗,从此阴阳两界。在漫长的一生中,我们几乎从没听她叨念过母亲,可谁知,在她的心灵深处,却一直将母亲与她的生命如此紧密地牵挂在一起。唉,奶奶的吊筐啊……

求　宝

台商段某,懂文化,精管理,待人谦和,人称儒商。每有员工告假还乡,他必嘱之曰,请给家人带好,回来时也别忘了给我带回一个故事或见闻。员工们都知段某喜听各地风情,尤其是那些奇人逸事乡井古怪,回来销假时自然要讲上一二。段某听得兴致盎然,有时还掏出本子记上几笔。

刘君讲,他的家乡数十年前修梯田,竟挖出一个古钱冢,大大小小的十几个罐子里,都是大同小异的大钱儿。乡民们一拥而上,三锤两镐将罐子砸破,便把那些古钱币抢了去,有人送进废品站卖了废铜烂铁,有人给了孩子们去扎毽子,还有农妇穿了串儿挂在屋檐下,只等秋天焯晒老母猪耳朵豆角时丢进滚水里一涮,听说那样一来晾晒出来的豆角就是绿莹莹的了。段某说,那是古钱上的铜锈起的作用,上了餐桌虽好看,对食用者的身体却没有好处。现在去山上还能拣到古铜钱吗?答说,按说,早没影了。前些年听说古铜币是文物,能卖大价钱,人们又上了山,掘地三尺，没日没夜地翻找，听说有人还真碰了运气，可眼下就比大海摸针还难了。可也别说，我这次回去，听说又有人碰了彩头，是一块什么通宝，立马被人买了去，用那钱足足盖起五间大瓦房。眼气得山里人眼都蓝了。段某听罢大笑，说不蓝才是怪事，这是民众的文物意识增强了。

　　又有齐君对段某说，家乡的堡子有一对母子，老太太年近八旬，带着一个四十多岁的傻儿子，日子过得格外艰难。那儿子虽傻，却舍得花气力劳作，对母亲孝顺无比。问题是，这傻儿子真真的是只有一个心眼儿，母亲让他去拾柴，他就是在路上见了金条也会视而不见，母亲让他去别人家收获过的地里翻拣花生，他就只认花生，有人故意往他身边扔红薯都不灵。段某听之赞道，这人可就是个宝啦！齐君说，活宝吧？听说村人给他介绍了一个寡妇，寡妇要求相看相看。老母为防尴尬，给他换上一身干净衣裳，借口让他去介绍人家借簸箕，没想他只记着簸箕，站在那家大门外等着拿，连屋门都不肯一进。段某说，世人浮躁，难得这般单纯。是宝不是宝，那就看怎么使用啦。

　　员工们讲给老板的故事，闲暇时难免交流一番，以博一笑，谁也没太认真。没想一年后刘君再回老家，便听说段某曾专遣人去相邻村里买下一处房舍，又亲自驱车去了齐君的家乡，说服老妇带憨儿迁居数百里，住进了那处房舍，并许下每月千元的生活费。他还出示了带在手上的一枚古钱，要求只有一个，让憨儿去山上拣拾这类物件，拣来归他，另有重赏，拣不来也只认天意。

　　员工闻之，未免惊愕，或讥段某财迷心窍，不惜赌博，或叹老板变废为宝，善于用人。话儿传到段某耳里，也只是嘿嘿一笑，不作辩解。时光荏苒，不觉三年过去，齐君再从家乡回来，人们便追着问可有结果。齐君摇头说，哪知呀。我只知老板又给傻爷们找了个媳妇,媳妇走路有点跛,却不耽误侍候一老一少。那个傻儿子每天都去山间游转,风雨不误。一家三口的日子,倒也其乐融融。人们不禁又猜,如此局面,是不是段某已有了收获呢?

屋梁上的柳条箱

小雁翎从懂事起,就记着家里的屋梁上吊着那只柳条箱。据说当初箱子是黄白色,但烟熏火燎,加上岁月不动声色的侵蚀,眼下已变成了一团黑黄,就连箱上挂小锁的镣吊,也锈迹斑斑没了模样。

小雁翎不止一次问,那箱里装的是什么呀? 奶奶说,别人的东西,哪知道。雁翎说,一个破箱子放在哪儿不好,吊在那儿多难看。奶奶说,不是怕耗子嗑嘛。雁翎问,箱子是谁的呀? 奶奶说,是你的一位知青叔叔的,走时说会回来取。雁翎问,叔叔? 我怎么从来没见过这叔叔? 奶奶想了想,笑了,说按辈分,你应该叫他爷爷,他住在咱家时,你爸爸就喊他叔叔。唉,这一走就三十多年了,那时你爸才十一二。雁翎再问,那知青是什么呀? 奶奶说,就是城里念书的学生。雁翎追问,城里的学生不在城里念书,跑到咱乡下干什么? 奶奶忙着去轰窜进屋里的鸡,扬着扫帚说,不跟你说了,说了你也不明白。

好奇的小雁翎还问过爸爸。爸爸妈妈都去城里打工了,只在过大年和秋忙时才回家,他们说攒够了钱,翻盖了家里的房子,就不走了。雁翎问柳条箱的事,爸爸说,那个叔叔姓徐,高高的个儿,戴着眼镜,一有空就看书,看过了还写,说是记日记,我估摸柳条箱里装的就是他的书和日记。徐叔叔常带我去屯东的河里玩,夏天游泳摸螃蟹,冬天滑雪溜冰车。他游泳时常把眼镜掉在水里,爬上岸就成眍眼瞎了,总是我钻进水里帮他把眼镜摸上来。有一年冬天,你奶奶病了,烧的那个蝎虎,徐叔叔连夜带我去乡里卫生院买药,回来时就遇到了狼,那狼瞪着绿莹莹的眼睛一路跟着我们。那次要不是身边还带着咱家的大黄狗,可就坏事啦。雁翎又问,那他为啥把东西扔在咱家就不要啦?爸爸的脸色暗下来,说那年知青们考大学,考上的得到通知就高高兴兴回家准备入学去啦。可徐叔叔得到通知时,大学已开学好几天,再不去报到就给除名了。迟得通知的原因其实也挺简单,也不知公社里的哪位马大哈把那么重要的一封信给弄到靠墙的桌缝里去了,害得徐叔叔连回趟家的工夫都没有,就把不想带到学校去的东西都画拉进柳条箱,只说日后回来取。至于他为啥一直没来,我也说不清楚了。雁翎追问,那他现在在哪儿呀?爸爸摇头说,他刚走的那两年,还有信,后来信就稀了,断了,谁知呀。

但雁翎知道,爷爷奶奶可是把那黑黄的柳条箱太当回事了,几乎当成了眼珠子。有年夏天,连降大雨,乡里发出紧急通知,为防泥石流,要求傍山而居的村民立即转移。那天,爷爷奶奶拉着她都顶雨跑出了屯子,爷爷转身又跑回家,好一阵才又扛了那破箱子追上来。有人开爷爷的玩笑,说是啥金银细软呀,值得你这样不顾命?爷爷说,要是自个儿的东西,别说金银细软,就是传国玉玺我也扔了它,可这是别人寄放在咱家的,管它是啥,也丢不得的。

两年前的一天夜里,爷爷奶奶看家里的那台黑白电视,是县里的新闻。奶奶突然指着屏幕说,那新当选的县长是不是在咱家住过的小徐子？爷爷凝睛再看,说错不了,也姓徐,也戴眼镜,只是比过去胖了,老了。可小许叫许东林,他怎叫徐磊呢？奶奶说,兴许是改名了吧,城里的文化人好整这个。真没想,这兄弟出息成个大县长,这回他可该来家取东西啦！小雁翎也高兴地喊,呀,咱家住过大县长,看谁还敢小瞧咱！爷爷照着她屁股就给了一下子,黑着脸说,这话可不许去外面说,丢人！

但一个月过去了,一年过去了,两年也过去了,徐县长却一直没来取他的柳条箱。雁翎不止一次地想,也许是爷爷奶奶老眼昏花认错了人吧。但自从在电视上第一次看到徐县长,爷爷奶奶一到夜里那个时间,也不管小雁翎是看动画片还是看还珠格格,都把电视调到县里的新闻上去,不错眼珠盯着看,一边看还一边嘀咕,看那个做派,还有年轻时的影子呢。从电视里,小雁翎知道徐县长爬山越岭到山区考察,号召山里人多养绒山羊；小雁翎还看到徐县长亲自带人到山里打井,说山里人喝了深井里的水不得粗脖子病。记得最清楚的一次,是徐县长带人规划通往山里的公路,主持人说,那条路就从她家的屯后经过,还要铺成黑色路面。爷爷高兴地说,这回小徐可要到家来看看了。奶奶立时就催快把吊在梁上的柳条箱取下来,说把落在上面的尘土擦干净。可柳条箱擦了一次又一次,徐县长仍是没有来。

徐县长以身殉职的消息也是从电视上知道的。天降暴雨,山里的一处水库决了口,徐县长带人去救灾,连人带车滚落进了洪水里。那天,电视上出现了徐磊县长带黑框的大幅照片,哀乐响得让人揪心,爷爷奶奶哭得鼻涕一把泪一把,不住地说,这种事怎么就偏让好人遭上呢？

几天后,县里的干部来到家,说徐县长出发救灾前曾写下嘱托,他们是在整理遗物时才发现的。遗嘱上有一条说,他当年插队时曾住黑石沟赵吉年家并存有一些物品,我如遇不测,请代将那些物品就地焚毁,切莫整理,更不要保存。并代向赵家兄嫂及小侄致以永远的怀念与敬意。

烈焰腾腾,浓烟滚滚,就在家里的院当心。那一刻,看着爷爷奶奶哀伤的样子,小雁翎的双眼也模糊了,她只是不解,这么些年,爷爷的徐老弟、爸爸的徐大叔、自己的徐爷爷为什么一直没来家取他的柳条箱呢?

油爆小神仙

聂局长晚上八点多钟走进机关食堂炊事员值班室,对杜师傅说,给我对付一口吃的。这个时辰的小食堂早就安静下来了,锅碗瓢盆收拾得利利索索,明天中午的那顿正餐,人们上班后准备也来得及。杜师傅有些慌了,在冰柜前转圈子,问,局长想吃啥?聂局说,除了面条,随便,但要快。杜师傅从冰柜里抓出两条黄花鱼,还有一块肉,说电饭锅里的大米饭还剩一点,我给局长炒炒,再酱闷鱼,木须肉。聂局长看杜师傅已将冻得硬邦邦石头一样的鱼肉放进盆里,似要放进凉水里拔,便追上一句,鱼啊肉的就别弄了,我正忙,没时间等。

聂局下班留在机关没回家,是带几个人赶材料。这份材料明天上午要上市长办公会,事先拿给主管副市长看,副市长补充了一些意见,聂局长便带人字斟句酌地连夜修改,再打印装订,以保证明早按时呈到每位市长的面前。

聂局坐在值班室看电视里的国际新闻，就觉胃在搅，心也一阵阵慌上来。他血糖低，一日三餐不敢误时。还好，油炒米饭很快送上来，摆到局长面前的还有一盘油爆小神仙。杜师傅问，局长，这个，还行吧？

这可是好东西！当地的土特产，聂局长的最爱，偏家里的夫人讨厌，说一看这东西就恶心，所以聂局长想享此口福，就只有在招待客人的餐桌上了。

小神仙其实是一种蚕蛹，蛹至成虫有个羽化的过程，人们取了羽化成仙的成语之义，将刚挺出翅膀的小蚕蛾称为小神仙。据说这东西蛋白质的含量极高，季节性又强，所以在集贸市场上寻常难见，价格也春风一般往上猛窜，寻常百姓家已轻易不敢问津了。

聂局吃得津津有味，胃不再疼，心不再慌，却不由吃出一些疑惑。这小神仙不是鱼肉，也不似白菜萝卜，不好存放。它是活物，放上一两天，翅膀长大，就会扑棱棱地飞了，挺贵的东西，食堂里存这东西做什么？莫不是明天中午有客人？当然，这些疑惑聂局只是在心里想，一局之长，犯不上为这种小事直接跟临时聘用的炊事员对话。

第二天，聂局直接奔了市政府列席市长办公会。半宿的时间没白忙，议题顺利通过。满心高兴地回到局里，局办张主任跟他进了办公室。蓦地，聂局又想起小神仙的事，但他没明问，只问今天中午或晚上，机关食堂是否有客人？张忙摇头，还问局长是否有安排？聂局说，我随便问问，你去忙吧。

一局之长岂能是随便问问？前几月，员工们对食堂有意见，说还是那个伙食标准，吃进嘴里的东西为什么大不如前？有从部队转业回来的旁敲侧击，说我在部队时，伙食上没少出喝兵血的

095

布
老
虎

事！这话严重了！聂局亲自过问，并明确指示，后厨有手脚不太干净的都给我换下去。杜师傅就是在这种背景下进的机关食堂。主任还特意向聂局介绍，说老杜可是本分人，勤谨踏实，以前当过厂劳模，退休后老伴没了，儿女又在外地，光身利脚的一个人。聂局做出只管大政不理小事的姿态说，在你的职权范围之内，你就定。

午间进食堂，聂局的眼睛没闲着，特别留意人们的碗碟和那一排自助餐的菜盆，没发现小神仙，没有！昨儿那一大盘，没有一斤，也有八两，即使自己爱吃，也不过区区几筷，余下的呢？油爆过的也会长了翅膀飞啦？眼下，民间的腐败也不可小觑，连大街上罚吐痰的，被罚者若不索要罚单，还可少交几元呢。看来，老劳模也靠不住啊！

聂局沉住气，不动声色。又到月初，他突然问张主任，上个月的伙食账结了吗？张忙点头，日清月结，不敢延误。聂局说，把单子拿给我看看。张跑去财务室，将核销过的票据拿过来，还特别说明，没超标，一分没超。那些票据很清爽，除了正式发票，还有一张类似流水账的白条子，按天排列，总数后面有经手人和主管人的签字。这也正常，送菜上门的小贩又没有正式发票，不这般又如何？

还应该有更详细的清单吧？聂局问。

有，有。主任愈发惶然，急急地再跑出去，回来时就呈上了一个小学生用的演算本，翻开看，便是每日的详细清单，比如菠菜几许，付款若干，芸豆几许，付款若干。聂局一页页翻去，不时提出疑问，主任一一作答了。终于翻到挑灯夜战那一天，记在那页上的最后一笔让他惊异：小神仙，0.25斤，20.00元。

聂局长用笔尖指点着问：这么大的食堂，只买了二两半小神仙,怎么吃?

　　主任眨眨眼,努力地想,就想起来了,说,是这样,杜师傅的老姐姐从外地来看他,特别喜欢这一口,那天,杜师傅求采购员去市场捎回一斤,准备第二天带回家给老姐姐炒了吃。没想那晚您去了食堂,又等得急,杜师傅一时不知该给局长做什么,就将他买的小神仙给您油爆了。第二天,他就给我汇报了,我说那就下了账吧。可杜师傅说,聂局长也没吃光,剩下的我带回家,回锅过过火,照样吃。这我就拣了便宜啦,还用了公家的佐料呢。

　　聂局心里释然了,也感动了,哈哈笑着赞许,这位老同志呀,真是难得!

　　当然,不乏领导艺术的聂局继续翻了几页演算本,又提了几个疑问,他才不会让他的下属意识到他的关注点只是小神仙。末了,他将演算本推回,语重心长地说,我们做工作,一定要过细,既要经得住时间的检验,也要经得住同志们的询查呀。

　　主任连连点头,心里却莫名其妙,他摸不懂局长大人的心思,更不知自己何时才能羽化成仙……

独女下乡

　　晓玄放假回来,对我说,爸,我想去农村考察几天,能不能帮我联系个地方?我说,咋想起这步棋啦?晓玄说,老师要求利用假期搞社会调查,还让每人拿出计划。我提出了到乡下去,老师大为赞赏,说从小在城市里长大的同学确实需要补上这一课,不了解农村,便不会真正了解中国社会。我看着晓玄得意的样子,说,老师的话,你就当圣旨,同样的话,我几年前就说了,你怎么不当回事?

周六,妻子帮女儿整理行囊,鼓鼓地塞满了两大旅行包。我把洗发液护肤奶之类的都扔出去,说只带换洗的衣服,再加牙具足够了。妻子却将他扔出去的东西往回塞,说我们女人用的东西,你少管。我说,人家不居家过日子呀?晓玄跟着用就是了,别整个城里的大小姐样。晓玄说,爸说的对,连本和笔也别带,好像大学生与众不同似的。弄得我哭笑不得。

我送女儿去的地方是三十多年前插队下乡的村庄,那里半是丘陵半是山区。我住在刘五叔家,白天,我和五叔的儿子宝奎一起到生产队挣工分,晚上,就听宝奎在西屋热炕上讲南北二屯的故事。

在火车上,晓玄问,我在乡下住半个月行不?我冷笑,你能坚持一周就不错了。晓玄撇嘴,老爸别小瞧人好不好?我说,那就中庸一下,十天后你回来,我给你摆酒。

我和晓玄的突然到来,让宝奎夫妇喜不自禁。我说了晓玄来体验的意思,宝奎便连连点头,说年轻人是得从小吃点苦,可眼下也没那么多苦让大侄女吃啦。晓玄撒娇说,我想学农活儿。宝奎说,明天就跟你婶间小萝卜小白菜,烦了跟叔上山放羊抓蝈蝈。城里常来人收,五毛钱一只呢。

刘家叔婶都已过世,家里除新陈代谢了几个人,基本还是老样子。午饭后,我谢绝了挽留,回去了。班车开出老远,宝奎摆手对我喊,丫头交我了,放心吧!

可让我万没料到的是,仅隔一夜,就接到了晓玄的电话。

老爸……我想你。

说清楚,是想我,还是想家? 是有什么不适应吧?

就是……晚上睡不好觉。蚊子太多了,一夜咬了好几个包。

点蚊香嘛。我下乡的时候,还没蚊香呢,是烧蒿绳。

饭也没法吃。奎婶洗大米的时候,我亲眼见的,米都生虫子了,奎婶还说平时舍不得吃呢。院里的猪圈味羊栏味更受不了,夜里风一吹,不敢喘大气。

哈,你妈给你带这个,带那个,怎么就忘了给你预备一副防毒面具。

哎哟老爸,人家没心思跟你开玩笑,我真捂了一夜枕巾呢。

咦,你是在哪里打的电话?

村西头的小卖部,是奎婶带我来的。

这些话让人家听到好吗?

她在外面树下凉快呢,不会的。

说吧,你的意思究竟是什么?

老爸,我觉得还是你考虑问题全面,因此想修正计划,在乡下体验,就一周,好不好?

下班回家,我没把晓玄来电话的事说给妻子,好在妻子也没问,推了饭碗就坐到电视前,毫不客气地换了她喜欢看的哭哭笑笑,夜深,则去了女儿房间独睡。这也正常,总算把女儿盼回来,还没亲热够呢,那就去闻闻女儿的体香吧。爱女心切母胜父,人家身上掉下的肉嘛。

妻子起得早,等我爬起时,她正将肉蛋蔬菜什么的往冰箱里塞。我问,咋买这么多? 她答,给你备的,我今儿出差,开财务会。又问,什么时候回来? 答说,周末吧,也许是周日或周一。我奇怪了,咋不早说? 妻子说,你出差不也常是说走就走吗?

我一上午都在想这个事。妻子平时外出的机会并不多,而且行前几天就开始不厌其烦地频发预报,这回是怎么了?百思难解之际,脑子里突然闪了电光石火,对,一定是晓玄也给她打了电话,妻子怕阻拦,便采取了如此缜密的陪女迂回。

这叫什么事嘛!我心中的火气蹿上来。宝奎与我情同手足,晓玄进了人家门,没看一家人乐成了啥模样。女儿只住了一夜,当妈的就救火似地赶去相陪,那会让人家怎么想?信不着你别打发孩子去呀!

我再坐不住,立即告假而去,推开宝奎家院门时,已是入夜。宝奎见我,先是一怔,旋即大笑,是那种装出来的笑,你看你看,我早说过,一家人一块来多好,还羊拉屎蛋蛋,散来了。我也掩饰地笑,说你嫂子早就要来,可她刚走半天,领导就把电话追到我那儿,说上头明天来人搞财务检查,让我务必把她找回去。

时值暑日,门窗都大开着,这番对话,屋里人肯定都听到了。宝奎陪我进了西屋,引人注目处是房檩上已悬下来双人蚊帐。妻子急把眼睛躲闪开,嘟哝说,这人,连口气都不让喘呀!也不知道她是借题说领导还是责怪我。晓玄则对我做了个鬼脸,虽没说什么,可那笑里的愧疚我还是看得出来的。

晓玄周五就回家了。我没给她好脸色,坐在沙发上生闷气。晓玄自圆其说,说好是一周的嘛,人家住满了一周嘛,周六周日是法定休息日,不该算在里面嘛……这般"嘛"了半天,见我的脸仍不开晴,她又满是得意地说,爸,别看我呆的时间短,收获可大呢。你不知村干部有多凶,他敢那么训我我肯定跟他造反。还有,这回我可知道农民的日子过得有多苦啦,我跟奎叔上山放羊,奎叔在大太阳下跑了半天,只抓了几只蝈蝈,奎叔还高兴地说,不少,卖了钱,够给你婶买块香皂啦……

我心里酸上来。晓玄只去乡下几天,就敢说收获不小,她对乡间的情况究竟知道多少？而自己呢,这些年也不过逢年过节和宝奎通通书信互道个平安，对他们深层次的艰辛痛楚和期冀又知道多少？我是不是也应该常去乡下体验体验呢?

雾中的爱情

　　春天的时候,我参加一个学术研讨会。因会后我还要看望大学时的同窗好友,便没让会务组预订返程车票。那天傍晚,我去了车站售票室,站在长长的队伍里,总感觉身后似有一双眼睛一直在紧紧地盯着我,回身望去,面孔一张张又都陌生。我自觉好笑,在这个城市,除了我的那个同学,我又认识谁呢?这般想着,我暗暗告诫自己,不要胡思乱想,小心自己的钱包。想是这般想,可我仍觉在不远处存在着那双眼睛,追光灯似的追视着我。

　　票终于买到手了。走出大厅门口的时候,我见有位女士很礼貌地做了个拦阻的手势,说:"先生,请稍留步,我跟您说两句话好吗?"

　　这是位让我一时很难断年龄的妇女。南方人占着水乡滋润,又会保养,常让北方人犯些年龄上的捉摸。可她一张白净的脸上并没有任何粉黛的痕迹,一袭黑色的西式套裙衬得她端庄不俗。引人注目的是她镜片后的那双眼睛,微笑着却掩饰不住内里的哀伤与忧戚。哦,原来一直关注着我的,就是这双眼睛吗?

　　我问:"有什么事吗?"

　　女士往后退了几步,到了安静一点的地方,问:"听口音,您不是本地人吧?"

我点头。女士又说:"如果我没有猜错,您是位知识分子?"

我说:"枉有其名吧。我来参加一个学术会议。已经买了车票,夜里十点多钟就回去了。"

"如果在上车前这段时间您不是很忙,我想请您帮我做一点事情,您不会感到很冒昧吧?"

我犹豫了,面对这个彬彬有礼的女士,我真的不知该怎样回答。报纸上常有报道,说有人哄骗外地生人,携带毒品或为坑蒙拐骗做托儿什么的,且这些人又多是衣冠楚楚谈吐文雅极具欺骗性。警觉中,我问:"那要看你说的是什么事了。"

"是这样,"女士说:"我爱人是大学里的一个老师,我们很恩爱的,可是,上个月……他突然去世了,是心脏病,倒在讲台上。"

女士说不下去了,将脸扭向一一边,我看到了镜片后的晶莹泪光。好一阵,她才又说:"前几天,学校来人,让我去清理他的遗物。这很正常,我应该去的。可是……我思来想去,终是没去。不知我的这种心情,您是否能理解?"

我同情地点了点头:"是啊,睹物难免伤情。"

女士说:"我想请您帮我把他的东西清理一下,好吗?"

我明白了,也为难了:"我们素昧平生,不大合适吧? 您不想自己去,还可以让子女或亲友……"

女士摇了摇头:"不,这事我已经想了好久。我只想求助来自远方的一个陌生朋友,他应该有学识,懂得我们这种人的情感,又最好是位先生。为这事,我已经来车站好几次了。"

我不是个愚钝的人,我能听得出她的潜台词。这是一个想保留心中永远的爱恋,并渴望那份爱恋永远纯净的女人。我再也找不出拒绝的理由。

出租车在城市的街道上疾驰，窗外迷离的灯光就像海上的波浪，一波又一波地涌过来，又退去。我们在一所大学的校门前下车，然后走进庭院深深的校园。在一座古朴的三层楼房前，她交给我一串钥匙，又从挎包里掏出两只编织旅行袋，然后指给我三楼的一扇窗户。就在我拔腿而去的时候，她又叫住我，塞过来一只打火机，说："拜托了，您要认为是没用的东西，就替我处理了吧。"

我顺利地打开了房门，也顺利地打开了办公桌和卷柜上的钥匙，清理了所有的东西，我将书籍、教案、书稿整整齐齐地放进了袋子里。当然，我也烧掉了一些东西，我以一个男人的经验与思路认为，那些东西烧掉更好。

我提着东西出了楼门，才发觉在我清理遗物的时候，外面已漾起了很浓很重的雾气，遮没了天上的星光，也锁住了眼前的楼群和一切。女士没有听到楼门响，也没有察觉到我的脚步声，我在楼门前走了两遭，才发觉她正坐在一处台阶上，两手抱膝，眼睛痴迷地望着团团涌涌的雾气，不知在想些什么。是的，那个时候，她显得很孤独，一副凄凄零零无依无靠的样子。我忍了又忍，才轻声地招呼她："大姐。"我觉得只有这么称呼，才能表达我对她的深深同情与敬意。

女士站起身，轻轻抹了一下脸颊，强作笑靥地说："哦，这么快呀?"

我说："您先生的东西很好清理的，都在这里了。"我把那只打火机又还给她，"这个东西，一点用途都没有。"我知道，这种时候，小小的善意谎言不仅是必要的，而且可能让她的心一生都荡漾在平静而甜蜜的暖流中。

女士翻腕看了看表，说："真不知道该怎么谢你。可时候也不早了，您该去车站了。"

我们又到了校门外，她为我叫了一辆出租车，说："上车吧。我的家离这里不远，我们就此分手，我就不去车站为您送行了。"

我从衣袋里摸出一张名片，说："大姐，若是以后有什么事，再找我吧。"

没想女士很决断地说："你是我这一生最可信赖的朋友之一，我会永远记着你的。可我不会再找你。"

我们紧紧地握过手，女士提着两袋遗物，很快便在浓雾中彻底地消失了。想想刚才的事情，我竟一时难以梳理清楚这位女士为了心中永远的爱恋，采取的是一种糊涂的理智还是理智的糊涂……

其实，留在我手中的还有一只信封，里面装着三千二百元钱。回到家的第二天，我就把钱都寄给了希望工程，在寄款人栏目内，我填写的是"一位不愿留下姓名的女士"。这是我苦思苦想后的选择，我想，那位已去天国的先生若灵魂有知，他也许会赞同我的。天心可鉴，那张寄款单的底根就在我的手里，我会永久地保存它，作为一个珍贵的纪念。

同遮风雨

春天过了大半，连雨天很快就要来了。林振祥下决心要收拾一下房顶了。房子是 50 年代的干打垒，去年秋天就漏了雨。那天，他刚将沙子水泥掺搅好，胡同口就走来一个黑脸庞的大个子,说大哥,是准备修修房子吧?吱个声啊,咱材料人手都现成。林振祥直起腰,看来人已推过来一辆手推车,上面装满了油毡纸之类的东西,还跟着两位干零工的师傅,都是风吹日晒的黑红脸。其实这几个人林振洋早看到了,从一早就守在了那里。林振祥笑了笑,说我自个儿糊弄一下就中了。大个子说,看样子,你只是想在房顶再加抹一层水泥,那不行,水泥一干就裂了缝,屁事不顶,兴许外面不下了,屋里还滴答。这活儿得先浇上一层沥青,粘上油毡纸,上面再压盖一层水泥,保你五年之内就是天河的水冲下来也滴水不漏。林振祥说,这个理儿我也懂,咱下岗工人不是钱紧嘛,哪个不得花钱买。大个子说,这样好不好,你啥时有钱,看着给;眼下一时拆兑不开呢,就算咱哥们交个朋友,帮工了,中吧?说着往后一招手,那两个师傅便砰砰嘭嘭将手推车上的东西往下卸。林振祥急了,说,连个价钱还没商量嘛。大个子笑哈哈地说,怕哥们儿活干完了讹你是不是?放心,我要再提一个跟钱沾边的字,就从这个胡同爬出去!

　　几个人架起了沥青桶,燃起了大劈柴棒子,登时便有浓烈的烟雾和辛辣的沥青味在这片工人住宅区的上空弥漫开来。那几人的身手麻利而娴熟,一切物品又都备置得周全,一时间反倒让林振祥插不上了手。只见那油毡纸初看时卷在一起,规规整整,打开来却都是零零碎碎的。大个子看林振祥发怔,便说,这是我们给别人干活时拣的边角料,还有这沥青,都是人家用剩下的扔货,一毛钱没花,要不咋说咱别算计钱的事呢。你放心,拼接时细点心,用沥青粘接好,一样抗雨,把房顶修整严实了是正理。林振祥看他说得实在,活计干得也细致,转身进了屋子,对折糊药品盒的妻子说,烧点水,沏壶茶,那儿个人挺实在,别慢待了人家。

　　油毡纸铺好了,得凉一凉才能往上压水泥。林振祥说,眼看傍晌了,我得去学校接孩子了。正拌搅水泥的大个子说,去吧,这儿的事你就不用惦着啦。林振祥向三轮车走了两步,又解释说,要光是我那嘎小子,就让他自个跑回来。我蹬三轮给几家孩子包了月,上学下学管接管送一包到底的,咱不好让人家家长花了钱再操心。我叫我媳妇煮了面条,一会回来陪师傅们吃。大个子说,你别火急火燎的,注意安全是正理。

厂里放了长假,每日除了蹬车在街上转悠,接送几个小学生上下学算是他的一项还算固定的收入。除了儿子,车上还能再挤三个孩子,跟家长讲好了每人一月五十元。林振祥在学校门口刚把车停好,孩子们便一群燕儿似的飞了出来。跑在最后的总是那个最懂事也最招人疼爱的翟小玲,见了面不忘先甜甜脆脆的喊上一声林叔叔,哪像自家的那个淘小子不是喊饿就是叫渴催他快点骑。冬天的时候,孩子们穿的厚,后座挤不下,也总是那孩子不声不响地蜷蹲在座位前。记得是去年秋天的事,放学时天已擦黑,街道上围了许多人,见一个人卧在地上,满头满脸都是血,又听人们骂那个肇事逃逸的司机,却不见谁伸手救助一下那个受伤的人。林振祥不由深深地叹息了一声,好发了一阵呆。待他转身回到三轮车旁时,翟小玲已跳下车了,轻声问,叔叔是不是很想送那个人去医院?林振祥点点头,说,可我总得先把你们几个送回家呀。翟小玲突然变成了很果敢的小指挥员,说,那叔叔就快去送吧。我们几个走回家,一起走,什么事都不会出的。

第二天,林振祥问孩子们,昨晚叔叔没送你们回家,爸爸妈妈们都说了什么?一个孩子答,妈妈说林叔叔是大好人,但叫我不要学,那个受伤的人要是赖上林叔叔可怎么办?另一个答,爸爸说不知林叔叔收没收那个受伤人的车钱,没收就应该赞扬;如果收了,就挣了两份钱,很……卑鄙。儿子登时叫起来,你才卑鄙呢。

林振祥急制止儿子,又问小玲,你爸爸妈妈说了些什么?

翟小玲摇了摇头,我没跟爸爸妈妈说。

林振祥很奇怪,为什么没说呢?

翟小玲的声音低下来,问,昨天作业多,我忘了。林叔叔,这事一定要跟爸爸妈妈说吗?

林振祥怔了怔,心底腾起一种异样的感动,还有几分羞愧。多么难得的一声忘了啊。昨晚本是她最先提出救人,可她却又把这事看得那么平淡正常,这孩子有着一颗多么纯净的心灵!他拉起小玲的手,一连说了好几遍,忘了好忘了好,咱们本来都应该忘记的呀!

前两月,翟小玲突然不坐车了,每天自己背着大书包往学校赶, 小鼻梁上布满了细密的汗珠子, 柔柔顺顺的头发湿成一绺绺。林振祥问儿子,小玲为啥不坐车啦?儿子说,她爸也放长假了,她说她不想再让爸爸妈妈为钱的事为难。林振祥听了,心里酸酸的,热热的。很快有家长找他联系,说要顶上那个空下来的位置,可林振祥很坚决地摇摇头,那位家长以为他在抗价,说再加钱也行,大家都夸你这师傅好呢。林振祥笑了,说我要是为了你的十元八元钱,哪还配夸个好字。那一天,他急蹬几步,追上了正在小鹿似奔跑着的翟小玲,招呼说,小玲,你快坐上来。翟小玲摇落了一头的汗水,说叔叔,你快骑走吧,我想锻炼身体。林振祥说,你坐上来,我不收你的钱。翟小玲说,叔叔下岗了,怎么能不收钱呢?林振祥腾身跳下,把小玲抱上车,说这座空着也再不拉别人了,叔叔说话是算数的。又说钱不钱的,那是大人们的事,你还小,别想那么多。

三轮车悠悠晃晃地往家里赶, 身后是几个孩子嘻嘻哈哈无忧无虑的说笑声。昨天午间,车上多了两袋水泥,是刚从建材商店买的。翟小玲见了，坚决不上车，说叔叔要累的。粗心的儿子却只知说，咱家的房子明天就修吧，不然一下雨又要漏水了，在家连作业都写不好。林振祥说，好好好，明天就修。

孩子们仍在争抢谈说着班级里的趣事，像一群快乐的小鸟。翟小玲突然问，林叔叔，你今天在修房子吗？

正在修，快修好了。

那……我爸爸帮你去修房子了吗？

她爸爸？林振祥心里陡—惊，吱嘎一声就把车闸踩死了。他问，你爸爸长得什么样？

高高的个子，妈妈说他脸晒得快有沥青黑了，就叫他赞比亚。

儿子嘻嘻地笑起来，说，我妈叫我爸骆驼祥子，我爸就叫我妈虎妞。

孩子们哈哈地大笑起来，惊起了树上的一群麻雀，直向蓝天飞去。

林振祥心窝窝里再一次滚烫起来。他伸手挨个摸摸孩子的脸，摸到翟小玲时说，你爸爸是天底下最好最好的人，我们是好朋友……

手机真累

火车。夜行。

硬卧车厢熄灯以后，我的对面铺位的旅客上车了。这是个中

年男子,四十多岁,中等身材,微胖,壁灯光线微弱,面貌难辨清
爽。男子安放好行囊后,就舒服地靠坐在卧具上,摸出手机聚精
会神地摆弄起来。他是旅途无聊在玩电子游戏,还是在发短信
息?如果是后者,说明此人还是很注意公德的。眼下不乏那种人,
不管是不是公共场合,也不管是什么时间,抓着手机就旁若无人
地谈天论地嬉笑怒骂,全然不顾周围人各种各样的眼神和表情。
若是此时坐在对面的也是这样一位主儿,你说是该提醒他还是
不管不问?

列车如摇篮,加之连日奔波疲累,我很快酣酣睡去。睁眼醒
来,窗帘缝隙已透进一抹晨曦。看对面铺上,被子和枕头都凌乱
地堆在一起,那塞在铺下的行囊也不见了,大概是那位旅客已下
了车。我正坐在那里发怔,听到有微弱的滴滴声响,那是手机的
未接来电或短信息的提示音。我摸出手机,昨夜入睡前已经关
机,这声响当然不是提示我。往中铺上铺看了看,客人都睡得香
甜,也难猜测是谁的手机。好在提示音不大,它愿滴滴就叫它滴
滴吧。没想过了片刻,那声音又响起来,这回我听清了,这电蛐蛐
就在对面,就藏在那堆成一团的被子下。如此看,一定是那中年
男子下车匆忙,把手机落在了车上。我犹豫了一下,掀开了对面
铺上的被子,把手机抓在了手里。

那一刻,我正寂寞无聊,加之油然而起的探测别人隐私的好
奇心理,就把手机调按到文本信息的功能。那男子入睡前摆弄了
好一阵这东西,我猜是发信息,他都发出了些什么呢?于是,男子
储存的已发信息内容便出现在了我的眼前。

(22:25)温柔之乡,何时再返?所诺之事,你速去物色,勿计贵
贱,可心为本。我困了累了,可难入睡,有你笑语音容,梦又何求?

(22:37)工作事繁,债又缠身。你怨你恨你骂,但你仍要坚信,

我绝非朝三暮四不守诚信之人。容我些时日，方便时我一定会去看你。拥着你，梦亦香甜。真的好想你。

(22:51)最近太忙，陀螺般四处奔转，久未回家，想来惭愧。老母病情怎样？多亏你的照料。家有贤妻，是我今生福分。注意保重。再谢再谢，拜托拜托。

(23:08)工程招标事，一定给我咬住，也一定要拖住，张弛之度，你自权衡。我两日后返回，再定。

(23:15)打了几个电话，均未有人接。我明晚去府上拜访，当面表示谢意，盼能赏面。

(23:28)每月800元，当为大学生中上水平，为何又叫苦？年轻人，苦其心志，乃成才立身之道，难道还需我再费口舌？我与你母已甚不易，莫再添烦躁，至嘱。

我正摆弄着手机，掌中突然震颤，是手机的来电振动。我犹豫了一下，待再次振动的时候，我按下了接收键，果然正是手机的主人。"您是哪位？是火车上的旅客朋友吗？非常感谢您捡到了我的手机。拜托您将手机交给列车长好不好，我会想办法跟她们联系的。真是非常感谢您了，还是好人多啊。哦，还有，拜托替我把手机关闭，再一次谢谢了。"

真的是位很聪明的人啊，不关手机，不定又有多少秘密让人知道呢。

请您走好

午间 11:30 至机关干部午餐结束这段时间，小娜和大菊的任务是站在食堂大门前迎送领导。

机关食堂只有一道门，进门左侧是大厅，那里是普通干部用餐的地方，右侧则另有一个小餐厅，小餐厅是副县级以上领导的特区。食堂管理员的具体指示是，普通干部来了不用管，看到县领导来了，五米之外你们就把门帘掀起来，要面呈微笑，离去时要微微躬身，再送上一句"请您走好"。很简单，真的很简单，程序化的简单，机器人一般的简单。

门帘是塑料的，天蓝色，一共二十多条，每条巴掌宽，薄玻璃那般厚，垂下来，便形成一道透明的墙，防着蝇虫。恭立在门帘内侧的小娜和大菊白衣白帽，身材差不多，胖瘦差不多，相貌也都是眉清目秀。那些忙着端盘子送碗的女孩们不无嫉妒地说，秀色还真是一道菜，咱们只能恨爹妈啦！小娜说，谁愿换，麻溜儿的，本姑娘不稀罕。大菊则说，真是秀色，我们就去五星级大酒店啦，不过是矮子里拔大个罢了。

县领导都是要晚上几分钟才来就餐的，不会像那些饿死鬼托生的普通干部，早几分钟就聚在了大门外，只等门一开，就破堤的洪水般往里涌。那天，小娜突然紧张了，小声说，来了来了，那个不会就是新来的县长吧？

隔帘而望，果然见几位副县长簇拥着一位高个头的领导一路说笑而来。早听说新调来一位县长,姓林,原先在省里的大衙门当处长,来了几天都在忙应酬,这还是第一次来机关食堂用餐呢。还有十几米,大菊把门帘掀起了,小娜也忙着将门帘掀起了。

林县长却在门外忙了脚步,几个副县长也立在了他的身后。

林县长摆摆手,这又不是上主席台,往后咱们都少整这一套,你们先进。

副县长们却谁也不迈步,笑着恭候首席长官先移尊驾。

林县长笑着说,我说话不管用是不是?我是想跟两位小姑娘有话说。

副县长们笑着,按照惯常的序列,先常务,后任职先后,鱼贯而入。进了门又不往小餐厅走,等在门里等县长。

林县长仍是满面春风,对小娜和大菊说,你们以为我不会掀门帘是不是?放下,都放下。

小娜的手便松开了,再看大菊,那半边门帘却仍揽在怀里,只是脸上平添了一些跟长者撒娇般的笑意。

林县长指点起大菊来,脸上仍是春风荡漾,你小丫头敢不听我的话,小心哪天我告一刁状,让你们领导批评你。哼,我今天就偏不走你那边。

林县长是自己掀起小娜放下的那半边门帘进的门,又和候在门里的那几位副县长说笑着走向小餐厅。这一幕,许多机关干部都看到了,正站在大厅里眼观六路耳听八方的管理员自然也看到了。事后,小娜和大菊想听听管理员的评判和指教,到底是放下门帘对,还是不放下对,可管理员也挺为难,回答得模棱两可,都没错,只要领导高兴就对。

以后的格局似乎就这样形成了,只要是林县长走进和走出,也不管是他一人还是身边还有别的领导,小娜都是乖乖地放下门帘,而大菊则还是执拗地坚持着原来的动作,那微笑里也仍含着撒娇的成分。有一天,是林县长一人,自己掀门帘时又仁了脚步,还是指点大菊说,你个小丫头,就是不听话,以后不会有这孩子进步快。大菊的笑更加明媚,洁白的牙齿都在阳光下熠熠闪烁,并适时地送上一句话,请您走好。过后,小娜问大菊,县长不是真的在夸我吧?大菊说,管他呢,反正他没真生我的气。小娜认真地想了想,可不是,县长那天的笑,真的是很灿烂呢。

新县长的形象越来越美好,人们议论他最多的一个词是亲民。亲民可是眼下最时髦的一个词了。佐证之一就是机关食堂大门前的故事,你看,小娜乖乖女,大菊犟犟丫,县长谁都不责怪,还都和她们开玩笑。小娜和大菊可都是乡下来的纯粹村妞呀。

又是一天中午,林县长脚步匆匆而来,来了却不往门里走,而是站在了大门外,看来是在迎候什么人,害得大菊揽着门帘,松开不是,不松开也不是。几辆小轿车驶来了,车上跨出很多人,林县长迎过去,一一握过手,又陪一位领导往门里走。那位领导很面熟,是在市里的电视屏幕上常见面的。

一瞬间,小娜为难了,门帘是掀起好呢,还是不掀好呢?就在她犹豫间,林县长抢先一步,已亲自将她放下的那半边门帘高高地撩了起来。小娜慌神了,事情怎么会是这样呢?

小娜惶惶然,等待着批评,甚至辞退。但没有,什么都没有发生。但心里的这块疙瘩实在太重,小娜有些承不住了,她小心地去向管理员检讨,说我实在没有眼力见,要不,您再换个别人吧。管理员说,县长可什么都没跟我说,你也别多想,还是那句话,只要领导高兴就好。

远山呼唤

　　我们这趟列车每天经过这个山区小站的时候，正是傍晚时光。

　　小站只有一个简易的站房和一条又窄又短的站台，四周连道栅栏都没有，随便哪一个山里人或上下车的旅客在这里都可以四通八达、畅通无阻。

　　可是小站很热闹。不是上下车的旅客多，而是卖些山区土特产的小贩多。车一停稳，这里会立刻变成一个热闹非凡而又别具一格的小集市，几乎每个车窗下都会站着那么一两个高举着山货的小贩。而所谓小贩，又几乎都是十几岁的半大孩子，所以那一片叫卖之声就更加响亮而近乎聒噪。听说这种场面车站也曾几经干涉，但没用，只好满足于维持秩序，不出事就好。我们列车员呢，车一停，便跳下站台，牢牢地把住车门，一是坚决制止买东西的旅客下车，二是防止那些推销者们挤上来。停车两分钟，马虎不得的。

　　这一带山区出柿子，那种不大、桃状、黄澄澄、还带个尖尖嘴的柿子，甜得很，又不涩。眼下正是柿子成熟的时节，山里人便用尼龙线编织成小网袋，鼓溜溜装满柿子，打发孩子们到站台上来叫卖。

　　这一天，就在我的这节车厢的窗口下，发生了一件让人啼笑皆非的小闹剧。那时，列车停过一分多钟，车上的旅客已经满足了需要,可站台上的孩子们仍做着不甘心的努力。有一个黑不溜秋的男孩举着柿子,大声地喊:"减价了,两块钱三袋!买二赠一啦!"

旅客们挤在窗口,摇着头。一个干部模样的人逗他:"小家伙,拿回家自己吃吧。"

小家伙撇撇嘴:"早吃够了,不吃够卖你?"

我大声对孩子们喊:"离车厢远点,车要开了。"

小家伙内行地扭头望望前方已闪起绿光的信号灯,突然把两兜柿子并在一起,高举了起来:"大落价了,一元就卖!"

这一慷慨之举立刻吸引了好几个窗口的旅客。一元钱一袋,几乎是这里约定俗成的价格,现在凭空便宜了一半。那位干部急忙搭话:"我买了。"

"给钱。"

"这不正给你拿吗。"干部忙着翻钱包。

"先给钱!"小家伙分寸不让。

一元钱递下站台,一兜柿子飞进车窗。干部着急地喊:"哎,那袋!"

黑小子一手举着那兜柿子,一手举着钱,扭头就往站外山坡上跑。几个孩子一声呼哨,尾随而去。

在车上人绝无恶意的哄笑声中,列车开动了。

这不过是发生在半分钟之内的事情。我一边关车门,一边也忍不住笑。半山坡上,以那个黑小子为首的几个孩子还在得意地冲着列车欢呼跳跃。我回到车厢里,那位干部在大家的玩笑声中不住地摇头咂嘴,自我解嘲,并把那兜柿子打开,请大家吃。

在列车上和各种人打交道,见到的新奇事多了,所以这件事也和车窗外的电线杆一样,一闪就过去了。可没想到,四天后,我担当乘务又一次经过这个小站时，竟又碰到了那个黑不溜秋的小家伙。

照例，车停稳，我站在车门口。在一片喧嚣声中，那个小家伙十分显眼地引起了我的注意。他并不叫卖，只是抱着一只装满柿子的小网袋，在密层层的人群中贴着车厢往前跑，一双机灵的眼睛挨个车窗寻找，里面流露出明显的焦急与失望。我想起四天前的事情，当他经过我身边的时候，不由好奇地招呼了他一声："哎，你找谁呀？"。

小家伙看看我，黑眼睛里似有两点火花一闪，说："我找一个人。列车员大叔，你帮我找找，行吗？"

"什么样的人啊？"

"那天买我柿子的。我……先说卖给他两袋，可我……只给了他一袋。"

我的心不由一动，不由细心地多打量了这个山里的孩子两眼："车上的旅客多了，谁知道他还会不会坐这趟车呀。"

小家伙突然把柿子塞到我怀里："大叔，那你就拿着，啥时碰到他，就给他。"

我把柿子推回去："这怎么行？我看算了吧，你往后别再那么卖东西就行了。"

小家伙竟夹了哭音："大叔，你替我找找他吧。不然，俺妈不让俺吃饭，俺都两天没吃饭了。"

列车开动了，我没有答应他的请求，没法答应的。

可是，又是四天后，那兜光润、饱满的金黄色柿子我却再也推托不出去了。那天，列车刚停下，立刻看到小家伙领着一位乡下女人迎着我快步走来。那女人清瘦精练，黑红的面皮上已有许多细碎的皱纹，衣裤上挂着尘土和枯干的叶屑。看得出，她是刚从秋收的田野或场院上赶来的，她手里托着的那兜柿子立即让我明白了她此行的使命。

"妈，就是这位大叔，他四天跑咱这儿一趟，那天他亲眼见的，不信你问他。"小家伙对女人说。

女人望着我，神色中带着山里人初遇陌生人的那种拘谨与不安："他叔，这小崽子耍骗人的事，你都见了？"

我忙作答："大嫂，孩子已经知错认错了，别太难为他了。"

女人扭头，斥了一声，那小家伙立刻退到十几步远的地方去了。女人压低声音对我说："他叔，俺扔下地里的活，让小崽子领俺跑三四里山路赶了来，这点忙你说啥也得帮。俺不是非把一兜柿子当作多大的事，也知道坐火车出门办事的人谁也不能把一兜柿子放在心上。俺是为这孩子。别看山里人没见过啥世面，可心里不糊涂。这几年山里的人在外跑买卖挣大钱的不少，可不赶正道的也没少见。人穷点富点在其次，可不能让他从小学得贼奸溜滑，坑偷拐骗。有小就有大，有一回就有两回，这事不管了不得。这兜柿子你拿着，我知道你也难找到那个人，可你替大嫂接下这点事，得让小崽子知道，为人处事说到哪儿，就得办得哪儿。"

我捧着那兜柿子怔怔地站着，看看这满身尘土，一脸憔悴的山村妇女，再看看十几步外愧疚不安的孩子，实在不知说什么好。

女人回过身，又是满脸的愠色与严厉："过来！还不快谢谢叔叔。"

列车又开动了，将这极普通的山区小站远远地留在后面，可关于这一兜柿子的故事，却永远地印在了我的记忆里……

破　案

　　大山里的输电线遭人破坏,拦腰割走了上千米。山民们不怕夜晚的黑暗,没电可以点油灯嘛,但正是春播抗旱的时节,抽水机一下卡了脖,吐不出水来了,村民们不能不急得嗷嗷叫骂。

　　县农电局急派人下来安装电线,公安局也来了警车。警车在大山里转了一天,留下两名嘴巴上还没长毛毛的实习侦察员,同时留下的还有一句话,让两名年轻的警察接受乡派出所所长老焦领导,限期五天必须破案。警车开走前,老焦扯住刑警大队长的袖子说,我们山里穷,你只留期限,不能不留点儿办案经费吧?大队长便从怀里摸出一叠票子,说这是一千元,缺不补,剩不退,但破案期限没商量,不能让村民们骂咱们白吃饱。老焦笑着应,五天后你来警车押人吧。

　　老焦叫焦凤臣,当警察老了点,年过半百,一头花白的头发,满嘴巴的络腮胡须扎蓬着,也不说刮刮。听说当年老焦曾是县刑警大队的骁将,可老婆有病,一个人在山村里拉扯着两个孩子,老焦只好主动请求到了大山里。两个小警察一进山就看出来了,大队长对老焦挺恭敬,从案发现场出来,大队长说坐车转转,老焦说,你们去转吧,我到屯子里看看。大队长便由他,似乎他真能看出什么猫猫狗狗的蹊跷。

　　出发时,老焦把派出所的另两个人也叫上了,只留一个人在家值班。几人直奔梁东村,一头坐进村委会,慌得村委会主任一再问什么事,见老焦不说,其他几人也不吭声,只是喝水抽烟扯闲话。看看太阳压山了,老焦突然起身,带人直奔了山坳里的郭奉全家。郭奉全是个六十多岁的老汉,枯瘦苍老,一条腿还有些瘸。这时辰,郭奉全正和老太婆蹲在锅台边摸着黑咬大饼子喝菠菜汤,见一彪警察闯进屋,登时都呆呆傻傻地僵住了。

老焦问,你儿子郭大林呢?

郭奉全吭吭哧哧地答,出了正月,就出去打工了。

老焦又问,去哪儿打工啦?

郭奉全答,满世界地转,也不往家写封信,我哪知道。

老焦冷笑,说前几天村里还有人见过他,听说为要钱还跟你吵过架,你没跟我说实话吧?

郭奉全怔了怔,便跳脚骂起来,是谁乱喷粪,我儿子回来我咋没看到?

老焦不再跟他计较,使眼色唤过派出所的两个人,附耳低言,又大声吩咐,没有我的话,谁也不许擅离半步,饿了我会派人去换岗。两人应诺着去了。看看天色彻底黑下来,老焦又问,肚皮里都打架了,也不知为我们做点饭?郭奉全看了老太婆一眼,偏哼哼地说,这年月还派饭呀?饿了找村里去,跟我说不上。老焦抹了一把乱胡子,说事是你儿子做下的,我找村里干什么。说着,起身出了房门,就听院里的羊叫起来,待郭奉全惊愕地要往门外冲时,老焦嘴里叼着一只血淋淋的匕首,已将一只死羊拖进屋里,对两个小警察说,我剥皮,你们去抱柴涮锅,有肉吃,有汤喝,还怕饿着啊。郭奉全心疼得大叫,你、你们……凭什么? 老焦不急不恼地说,不交出犯法的儿子,活该!

第二天清晨，郭奉全要赶羊上山，老焦立在院门前拦住了，说不就是几只羊嘛，饿了我给它们找草行不？郭奉全又要上山种地，老焦命令小警察，你们轮班跟着他，人盯人，绝不能让他走出你们的视线。

这天傍晚，郭家院栅上又张挂了一张羊皮，铁锅里咕嘟的檀香之气飘逸在山坳的上空。郭奉全没等走进家门，就哭得老泪横流，说杀吧杀吧，还不如把我杀了呢。

如是这般，一天一只，当杀掉第四只羊时，两个小警察心里不忍，也不忿，一齐对老焦抗议，说这哪是办案？这是祸害无辜，殃及生灵，而且破案期限也眼看到了，可没有时间再这样瞎闹了。老焦吃饱喝足躺在热呼呼的炕头上，说急个球，交不出犯罪嫌疑人算破案啊？小警察又偷偷用手机打回局里，大队长说，那老焦，歪嘴吹喇叭，专会玩邪（斜）门，你们稳下心，等着吧。

郭家穷，值钱的只有七只羊，再有的就是锅碗和炕上的两床破被子。郭奉全的儿子不着调，好喝又好耍，手里没钱时常回家闹。郭奉全把七只羊当成命根子，不是护得紧，早被儿子卖掉了。当院角里孤零零地只剩两只羊时，又瘦了一圈的郭奉全看了看蜷在炕角的老太婆，说交了吧，不然这个败家精也该饿趴架啦，顾不得他了，咱老两口还得活命呀！

郭大林是从大山里的一个深洞中抓出来的，守着那堆不能吃不能喝的残损电线，果然已饿得连走路都打晃了。警车拉着犯罪嫌疑人再返回郭家门前时，老焦将一叠钱放在郭奉全的粗掌上，说五只羊，一只二百元，这可是顶天的高价啦。五张羊皮，你快找人熟熟，算作对你举报有功的奖励。虎毒护子，人之常情，我就不追究你的窝藏罪啦。

在押解郭大林回县城的路上，两个小警察钦佩地问，那个老郭头要是再抗两天可怎么好？一千元不够赔啦。老焦哈哈一笑，说期限可是我跟大队长要的，我算计的他就能抗五天，再抗，我自个儿掏腰包呗。

牴　牛

县里新来了一位副县长，挂职的，原来是省文化厅的副处长，姓牛。来了领导就要配车，县里经济状况不好，牛县又是飞鸽牌的，说是只锻炼一年就回去，所以就不买车了，而是借。这活自然落在了我身上，政府办主任嘛。国税局答应借了一辆帕萨特，又从农电局借来一位司机。司机竟也姓牛，叫牛力，也是四十多岁，不大爱说话，没事时就往休息室一坐，看电视。人们私下玩笑，说两头牛碰一块，难得，且看谁更牛吧。

别看牛县在省厅时是个看人眼色行事的小角色，但到了县里，便成了叱咤一方的大员。到位不久，牛县呼朋引类，打发一辆面包车，从省城拉来一车人，先是去县内有些景致的地方游逛一番，然后就是喝酒、唱歌、洗浴、吃烧烤，这是县城里的待客一条龙。当然，除了吃，其他项目司机是无须参与的，但得坐在车里候着。那天，牛力心里急，但也白急。老母病了，在医院躺着，只能由笨手笨脚的老父侍候，家里只他这么一个儿子，媳妇又正巧出差，远水难解近渴。

这一套折腾下来，已过了子夜。一帮人上了面包车，牛县带着一身酒气也坐进帕萨特,吩咐回省城。牛力心有不甘,说看样子县长没少喝,你睡一宿再走吧。牛县醉醺醺地说,回家睡,明天是大周末。

　　汽车上了高速公路,牛县突然吩咐停车放水。牛力心里冷笑,这是啤酒喝多了,活该,你憋着吧。牛县看车没有停下来的意思,嗓门拔高了,你聋啊?牛力应道,高速路上不许随地大小便,到服务区吧。牛县恨道,那你给我快点开!牛力答,限速100,已经最快了。牛县说,挨罚也用不着你掏!牛力冷冷地答,罚不罚我也做自觉守法的公民。

　　身体排泄这种事,心里越急闸门越闹腾。牛县情知牛力这是故意在跟自己整事,便掏出手机给跟在后面的面包车司机打出去,大声命令,你马上把我的车别住!司机一听就明白了,刚才两人坐在车里等领导时已经抱怨过一阵了,哪会认真执行命令,只是在路上玩了一下追逐秀。突然,一股浓烈的尿臊味在车里弥漫开来,牛力知道牛县开阀了,而且一泄如注势不可收,他急将车窗打开,让那清冷的夜风将尿臊呼呼地抽出去。

　　有了这次冲突,牛县和司机牛力真好比顶架的两头牛,较上劲了。但此事难堪,稍有城府的领导都不会往外说,投鼠忌器嘛,何况那器又是领导本人。牛县咽不下这口气,就吩咐我换司机,却只字不谈理由。我心里好笑,面子上却只能装糊涂,便说,领导和司机,就像刚结婚的小两口,磨合一段就好了。

　　我只盼着两人赶快磨合好,大家都省心。领导说不得,那就说说牛力吧。但不管我说什么,这位牛师傅都不辩解,也不回应,只是淡淡一笑,让我也无可奈何。

　　转眼就是半年多。那天中午,牛县又有应酬,到了酒楼,牛力问,我在这里等吗?牛力问的没毛病,因为近来,县里学着外地经验，领导有应酬时不再另给司机安排工作餐，而是改发误餐补贴。牛力的意思是，你说不用等，我就回机关吃大食堂了。可那天，牛县可能心里仍跟牛力较着劲，竟气哼哼地答，"你愿等不等"。牛力心里有气，但也不好发作。他对那句话的理解是，你不愿等也得等。

这一等就等了两个多小时。牛力把车停在很显眼的位置上，见领导出来，还下车将后门打开了。没想，牛县与市里的一位局长勾肩搭背谈兴正欢，经过牛力身旁时连声招呼都没打，径与那位局长坐进人家的车，也不知奔哪里去了。牛力心里焦恼，犟脾气徒地被勾上来，好，那我等你，且看你说什么！

这一等就等到夜深。酒楼的客人如潮汐，中午那峰不定甚时落下，所以外面停不停车都不惹人注意。可晚间潮去，露出干滩，再有车停在那里就扎眼了。那夜，月朗星稀，酒楼打更人见大院里还孤零零地停着一辆车，便上前询问。牛力说，咱是磨道的驴，听喝。打更人心里好笑，回屋睡不下，把电话打给经理。经理听说是县政府的车，又打电话给我。我刚睡着，听此事，心里自然烦躁，急又打牛力手机，说大半夜的，你快给我回家睡觉去！牛力说，大领导让我等着，那我就得等。想撤兵，让大领导亲自跟我说！可我又哪敢给牛县打电话，这种时候，打断领导美梦，找骂呀？

第二天一早，我先跑酒楼，打着牛县的旗号，说领导叫你不要等了，今天放你一天假，回家歇着吧。牛力答，让他自己过来说。我说，他给你打过手机了，打不通。牛力说，我手机没电了，还是让他来吧，首长没命令，人在阵地在，我绝不撤离一步。我在车旁转了好一阵圈子，没辙，只好再跑到牛县的临时宿舍，如此这般，如实禀告，恳求领导不妨礼贤下士一回。牛县又恼又恨，说那就让他等,张三(狼)不吃死孩子,都是活人惯的!

　　那次,牛力在酒楼前又等了一天一宿。初时,还是春雨润物,无声无息,可隔过一夜,消息传开,那就是数九天砸雹子,落地有响了。不少人专程跑去酒楼看热闹,还有人送吃送喝,添柴助火,推波助澜。那些天,县长外出招商引资,县委书记听了消息,急忙亲自打电话给牛县,口气虽委婉,却明显透着不满,说工作人员不懂事,你就别跟着放屁崩坑撒尿和泥了,你赶快去,赔礼道歉,把人给我恭恭敬敬地请回来!千万不能因小失大,影响稳定大局呀!

情　义

　　张大姐下班回到家里后还在兴奋着,一边择菜淘米一边对先生喋喋不休,说公司响应低碳环保的号召,给每个员工都买了一辆自行车,往后上下班就不用挤公汽了。先生说,这办法好,本来就是座中小城市,骑上车子半小时可达任何地方,何苦让小汽车把城市三天两头地憋成个肠梗堵。哪天赶你们下班时,我去拍张一溜儿骑新车的照片,给你们宣传宣传。先生姓刘,在报社当记者,说这话不算吹牛。先生又问,那你今天怎么没把车子骑回来?张大姐说,还没组装好怎么骑。下班时,门卫的李师傅正蹲在门厅组装车子呢,还说谁信得过我的手艺,尽管都推过来,我就把车子放在那儿了。先生说,何苦呢,往街口车摊一送,二十元钱,保证让你利利索索骑回来。张大姐说,李师傅有这技术,又有热心，反正夜里打更也没多少事，就让他干了呗。明天我把你的香烟拿给他两盒，谢谢他，行吧？先生笑道，愿拿几盒拿几盒，可你别忘了，我的烟是软红河，十元钱一包，两包也是二十元。张大姐说，账不能这么算，同志之间，如此往来，那叫情义。情义什么价，你说得清吗？

家里原来是有车子的，好几辆，可儿子考上大学后，说校园太大，带去一辆，丢了，又带去一辆，又丢了。报社为了提高新闻的时效性，给记者发了燃油补贴，刘先生便买了一辆捷达，有时上下班，也顺便接送一下张大姐。

第二天傍晚，张大姐回来得挺晚，进屋就是满脸的愤怨，说就这质量，还好意思说是合资品牌，以前的飞鸽，就是骑了十年，也没见栽了翅膀断了腿的。这可好，连往家推都费了九牛二虎力。刘先生知她说的是自行车，急奔下楼去，把锃光瓦亮的新车子扛上来，在灯光下一看，才知是车圈耍龙了，歪歪扭扭的，怪不得连推都费劲呢。

翌日，张大姐又挤公汽上了班。借着采访前的空闲时间，刘先生将崭新的车子扛到街口。修车师傅登时就笑了，说名记老弟，这肯定是你抱着儿子去老丈人家，显能耐吧。这车辐条能这么编吗？你的胆子也足有倭瓜大，一时编不上，还敢把每根车条都掐去一小节？先生平时跟这些引车卖浆者混得不错，为了了解舆情和捕捉新闻线索，时常还来街头跟他们摔摔象棋，便递上一根烟，笑道，这回算被你别住马腿了，等我高调马让你老帅寸步难行时看老兄还怎么说。梁山好汉有话，该出手时就出手吧。修车师傅说，那你就快去买来一副二六车的车条，这个钱我不能往里搭。别的，情义出演，就算了吧。

那晚，张大姐回家，又是喋喋不休，说今天，可把门卫的李师傅懊坏了，见了人就道歉，说他以前在纺织厂当保全工，虽说没少帮工友们修车子，但编车条还是头一遭，没想竟把好几辆车子都弄废了。又说他已买来了新车条，大家若还信得过他，就抓紧再把车子给他送过去。李师傅这人也真是，没那手艺就没有呗，何苦自个儿把自个儿弄了个沟帮子的烧鸡，大窝脖。刘先生想起白日里欠下修车师傅的那份人情，便说，几根车条又值多少钱，这年月，最难得的是人家的那份热心肠，你跟大家说说，可不能让人家费了力再搭上钱。还是你那天说得对，情义无价呀。张大姐闷着头，切了好一阵肉丝，才又说，可不是，李师傅平时都是低头耷脑的，跟谁也没多少话，经了这个事，说说笑笑的，大家真觉跟他一下亲近了不少呢。

全民微阅读系列

追寻彩云

作为报社记者，我经常收到读者来信，提供新闻线索，反映社会问题，表扬好人好事。比如前些天，我就收到一封署名"郑长谦"的来信，说他是一名通勤职工，经常往返于北口市与七星镇之间。在列车上，他看到一位女列车员总是不声不响地打扫卫生，待一节车厢窗明几净地无纤尘了，她又去别的车厢忙碌，不见有一刻清闲。她已不再年轻，身体单薄消瘦，干起活来常是满头大汗。这种敬业精神常让旅客们发出由衷的赞叹。他特别提到了这样一件事，一位时髦女士钱包丢了，说钱包裹在塑料袋子里。就在女士慌急地四处寻找时，突见那位女列车员拿着一个票夹,女士扑过去,在将钱包抓在手里的同时,巴掌已打了出去,嘴里还骂,打死你这个贼!

郑在信中说:"我清晰地看到了留在女列车员脸上的五个指印,也看到了她眼中涌出的大滴泪水,可她只是说,我是将垃圾扫到车门口时才发现的,我正想找乘警帮助查找失主。那个时候,乘警和其他列车员已赶过来,奇怪的是嘴巴竟像贴了封条,谁也不说什么。倒是旅客们纷纷谴责时髦女士,女列车员也不辩解,只是抹了一把泪水,又去打扫卫生了。我注意了她的胸牌:北列135。"

我把信拿给编辑室主任看,建议原文照登。主任点头了,但要求我下稿前一定先做核实,小心造假新闻,避免负面影响。为此,我专程去了北口列车段。段里负责宣传的同志很热情,说声稍等,就拿着那封信急急地出去了。

足足等了半小时,宣传同志踅回,脸上却添了许多虚头巴脑的客套。他说,记者同志为树列车新风,还亲自跑来一趟,非常感谢。这事……我跟段领导沟通了,就不要见报了吧。

我问,怎么呢?

这个……那我就实话实说,这位同志嘛,已经退休一年多了。

会不会是退休后返聘?

不可能。铁路企业超编严重,精简还精简不过来呢。

退休的135号同志总还有个名字吧?名字能告诉我吧?

135号……是谢彩云,但信里所说的情况绝对不会是她。

宣传同志的吞吐与虚浮,让我心生狐疑,越发坚定了我一定要追寻下去的决心。我很快在铁路小区里见到了谢彩云。这是个富富态态的中年妇女,果然如宣传同志所说,不像是她。郑信中形容 135 号用的词是"单薄而消瘦"，与眼前这位心宽体胖的谢女士正好形成一种鲜明的反差。

你是记者？你能让我报上有名电台有声吗？谢彩云爽朗活泼，我刚报了身份，她已用笑声引来了一圈人。

退休后，您还常回列车上吗？比如为旅客搞搞义务服务。

我吃饱了撑的呀？想学雷锋在哪学不了，还非得跑到火车上去整景儿？

您乘务时用的胸牌是 135 号吧？

哟，这个你也知道。不错，135，嘟咪嗦。

胸牌还在你手上吗？

留了一个。跑了一辈子车，总得留点念想。多余的，谁知随手扔到哪儿去了。

我的犟劲上来了，一定要找到那位 135 号乘务员，我预感也许能发现一个很有社会深度的故事。

按照信封上的地址，我在七星镇找到了郑长谦，这是个文质彬彬的知识分子，正在桥梁工地上指导施工。他说，等我下班后，咱们一块坐车回北口，让你眼见为实。

车上旅客不多，郑前后望了一阵，眉头就拧了起来，对我说，我再去别的车厢看看。她真的总是在忙，一刻也不肯歇的。

郑很快匆匆赶回，悄声对我说，她在 6 号车厢呢，只是不知为什么，今天她没打扫卫生，也和旅客一样坐着。我起身和他来到车厢连接处，郑示意我往里看，果然就见一位身着铁路员工服的瘦削女人，怀里抱着一个很过时的人造革手提袋，脸上满是忧郁与倦怠，但没佩戴胸牌。郑说，她对面就有闲座位，你不妨去和她聊聊？我犹豫地说，眼下这种情况，你去聊，也许更好些。

郑很快就回来了，竟受了传染似的脸上也带了忧戚。他对我说,她不说,问什么都摇头。我没办法,只好直截了当地问她今天为什么没去清扫车厢,她总算给了我一句话,说当班的列车员不让她扫,还说过几天再说。

我突然间意识到一个很尖锐也很残酷的事实:她根本不是列车员,她的衣装和胸牌不过是一种掩护,掩护她自己,更掩护另一些抱着铁饭碗却不肯出力流汗的人。保洁工上了火车,谁信?

车到北口,我跟在女人后面,在站前广场僻静一些的地方赶上她,将记者证递过去:大姐,耽误一点您的时间,我想和您谈谈。

谈什么? 我是纺织厂的下岗女工,我在外面跑了一天,累了,不想说话,什么都不想说。大姐不客气地将我的记者证拨开。

您就谈谈对再就业的想法。比如,当您在列车上受到欺负时……

她的目光锥子似地冷冷盯向我:是你向他们领导反映的情况? 你以为你发了善心在做善事是不是? 可你知道不知道,我已经白跑了好几天车板,不然,我打扫一节车厢他们可以给我五元钱,车上的啤酒瓶子和空易拉罐也都归我去卖废品。可我现在有什么? 两手空空,一无所有。家里有老人等着我拿钱回去买粮买菜,床上有病人等着我买药,孩子等我的钱交这个费那个费。为了活命,我就得找活干! 这就是我的想法,够了吧?

大姐,我是好意,也许能给您一点帮助……

我不要帮助,不要,我自己能行,我宁可挨累受气。我只求求你们,再不要给我添堵添乱好不好? 算我求你们了!

她疾步而去,很快消失在人流中。我站在那里发怔,拿不准我的采访是到此为止,还是应该继续下去……

见钱眼开

安焕平的眼睛是长在手指肚上的,鞋帮、鞋底、锥子,都摸得清清爽爽,甚至纫针穿线,他摸摸针鼻儿,再将线头沾点唾沫捻一捻,一下就纫进去,比那花了眼睛的中老年人还灵便。安焕平的工作是将一种登山鞋的鞋帮纳到鞋底上,据说这种鞋全部出口。西洋大鼻子和东洋小鬼子都比中国人更讲究产品质量,他们不相信只靠胶水就能把鞋帮鞋底粘牢实。

清晨,厂长来到车间,还亲自下了指示,说今天市民政局长要陪市长来咱们福利厂慰问生产一线的残疾工人,市长拜年可不白拜,不光带着慰问金,还可能对我们厂的发展带来深远的影响,所以大家一定要认真对待。一会,车间主任选出几位职工,到我办公室去,接受一下迎接市领导的短暂培训。没参加培训的在市长到来时也要暂时停下工作。但我们的生产进度一丝一毫不许受影响,国外的订单可不管咱们年啊节的,八小时之间完不成定额的,那就加班加点,下班别回家,大家听明白了没有?工人们应道,听明白了,连哑巴人都跟着重重地跺了两下脚。

市长是直接走进车间慰问的。安焕平虽然看不到市长长什么样,可他感觉到了热烘烘的灯光照到自己身上来,那肯定是电视记者举着的照明灯。厂长介绍说,这位师傅姓安,虽然双目失明,可他技艺神奇,生产任务完成得保质保量。他妻子不光身残,还多病,可去年夏天,两口子把龙凤胎的一双儿女都送进了重点大学。一双温温软软的大手握过来,上下地摇,市长说,安师傅,听了你的事迹,我很感动啊。我真难以想象,你还能如此熟练地穿针引线啊。安焕平说,我眼瞎,可心不瞎,咱不能让外国人挑出咱madeinchina的毛病呀。这两句话是刚才培训时训出来的,眼瞎心不瞎是安焕平自己想出来的,后面那句拔高话是厂长添上的,安焕平又现场发挥,把原来台词中的中国人变成了中国制造,而且还改用了英语。旗借风势,就飘起来啦,效果奇佳。市长大声说,madeinchina,好!这就叫身残志不残,有了这种志气,有了市委市政府的大力支持,我们残疾人的事业一定会迅猛发展起来!安焕平知道市长的这句话是说给在场所有人听的,也是说给所有看电视的人听的,便跟着大家一起鼓起掌来。接下来,安焕平便听到了声,他知道市长从民政局长手里接过一个信封,那个信封一定是红色的,红色代表吉祥,他还听出市长把红包里的票子抽出来,亲自点了点,然后交到他手上,说这是两千元钱,我替你点过了,过年时给自己多烫上一杯贺春的美酒,再给两个孩子买点纸笔,让他们好好学习。以后生活中有什么困难,你就找你们厂长,找民政局长,他们要是敢不管,你就直接找我。你知道我是谁吧? 安焕平说出了市长的名字,说你的声音和在电视里一样,你的官那么大,我可怎么找得到你呀? 市长哈哈笑了,又在他掌心里放上一张小纸片,说这是我的名片,电话和手机都在上面了,欢迎安大哥常给我打打电话呀。市长没再喊安师傅,而是换成安大哥,亲啦,近啦,一声安大哥立刻引来一阵更热烈的掌声。

市长在厂长的引导下,又去了几个工友的工作台前,分别有过叙谈,也分别送上了同样分量的红包,然后就在众多人的簇拥下,匆匆而去了,就像那绽放的昙花,虽炫目,却短暂。很快,为市长送行的厂长返回来,大声说,请把红包都交到车间主任手上,重新分配,共分二十人,每人五百。车间静下来,静如幽谷,好一阵,安焕平带头打破了沉寂,说不对吧,刚才市长亲手替我点的票子,可没说还得重新分配。厂长说,慰问金分配方案是我和民政局长事先商量过的,我说残疾人日子过得都艰难,请他多倾斜,他说给到咱们福利厂的总数就是一万,甘霖既难倾盆,那就淋淋毛毛雨吧。我们商量的结果就是选出最困难的二十人,每人五百。但一市之长日理万机,太忙,不可能在咱们这家小厂逗留太长时间,我和民政局长就重点选了五个人做代表,武林里的话,点到为此。希望大家理解。安焕平想了想,扬起了市长留给他的名片,说,眼睛好的帮我盯着点,我这就给市长打电话,如果市长大人也是这么说,别说还给我留两个二百五,我一个二百五也不要! 人们哄笑起来,厂长的脸却刷地白了,急忙说,别打,先别打,我这就再跟民政局长商量。

跑出车间去打电话的厂长很快又返回来,说局长已经答应了,既然木已成舟,那就随弯就弯吧,其余十五个人的由民政局追补。有人问,追补多少? 要是只五百,我看还是得去找市长,集体去! 厂长的脸胀成了紫猪肝,大幅度地摆着手势说,不能去,千万不能去,大过年的,那成了什么! 你们都是我的祖宗! 我这就再去找局长,他要是不点头,我掏自己的腰包,中不?

厂长离开车间经过安焕平身边时,重重地哼了一声,还说了声"就你见钱眼开",安焕平应声接道,"我的眼睛要是睁开了,好不好啊?"他是大声问的,满车间的人齐刷刷朗声应答,"好!"接着就是满堂大笑,很欢快,都开心,真让人感觉到过年的气氛了。

教　子

　　老关头退休前是铁路上的火车司机。火车司机 55 岁退休，这么算下来，老关头眼下也该七十出头了。

　　老关头的晚年生活挺平静，挺惬意。两儿一女都省心，大儿子在本市一所大学里当教授，还是系主任，老关头一提起这事就满面放光。所以老关头退下来的第二天，就挟个小马扎坐进了楼头的老人堆儿。那时的老关头身体倍棒，腰板溜直，有人问，不做点儿啥啦?老关头高声亮嗓地说，就坐这儿啦!多少钱能买这份舒坦!

　　这一坐就坐了十几年，坐得头发彻底白了。老人们多是退休工人，冬日晒阳，夏日避暑，甩扑克，摔象棋，南山打狼北山擒虎地海吹神聊，这些年便恨医院不给开药骂当官的贪心太狠盼包老黑托生转世一个个摘了驴肝肺。

　　春日里的一天，人们带来了特大新闻，老关头的大儿子当选了副市长。老伙计们纷纷恭喜，又逗市长老爹也不发表两句就职演说?有那明白的便说，知不知道你儿子的市长是"无知少女"代表?老关头一怔，问，咋不济也是四十多岁大老爷们啦，咋还成了个无知少女?答话的便说，你儿子是无党派人士吧;教授代表知识界吧;你家是满族吧;要再是个女的，就全啦!现在上头选啥都讲究个代表面，你儿子一屁股跨上了三匹马!老关头心里不大愿听，可也否认不了人家说的道理，忙从兜里摸出两盒烟，说抽上抽上,堵上你的臭嘴。

这烟可就不得了,大中华呀!霎时间便被抢了一空。昨夜,老两口从电视上知了儿子当选的消息,高兴得睡不着,知道儿子一定会连夜来家报喜,便一遍一遍地骂,这王八羔子,回家咋屁也不放一个?老伴说,你可别跑外头去屁屁的。老关头故意大声喊,我骂他咋,他坐了金銮殿,也得给我叫爹!儿子是过了半夜才回的家,带了孙女,还带了满身的酒气。老关头盘腿端坐,一副宠辱不惊的派头。儿子说,爸,散了会,就忙应酬,你老再指示指示吧。老关头说,指示啥,往后腚沟子给我夹紧了,别摇尾巴;两条膀子也给我放顺当了,别抖翅儿。别让人背后指你爹你妈的脊梁骨!偎在身边的孙女嘻嘻笑,说这就是我爷的指示呀?儿子离去时,留下了两条大中华。儿子说,爸,有街坊邻居的叔婶说起这事,就替我敬颗烟,说我感谢大家了。

老伙计们抽着烟,嘴不闲,说一种人是公仆,老少三辈都享福,老关头昨儿还抽石林呢,转眼就变成了大中华,立根棍就见影,不服不行啊!老关头听得心里不舒服,可也无力反驳,只好跟着哈哈笑。

一条中华烟散尽后,常见面的老熟人毛毛雨基本都淋到了,老关头的衣兜里便又只揣石林。有老伙计拐弯抹角地问,你儿子的烟瘾没你重吧?老关头说,不差哪儿,一天总得一盒。再问,他以前抽啥?答说,跟我一样。又问,你儿子当市长后工资涨没?答说,涨个屁,以前拿的是教授工资,到了政府就变成公务员了,听说还降了一截儿呢。老伙计笑,说那也不亏,我天天守在电视前看,你儿子自从当上市长,面前摆的都是大中华。咱就按一天一包算,一个月最少是三条,那是啥价?我敢跟你打个赌,市长们的大中华要是自个儿花钱买的,往后我爬着走路。老关头的脸色越发不好看,却嘎巴着嘴再说不出话。旁边有人看着气氛不对,忙说当市长的抽几支招待烟算啥,只要别再往手里搂就算好官啦!

这番话,虽是好意,老关头听了却越发不受用,却又不好冷下脸子抬脚走人。等儿子再回家,掏出烟敬老爹时,老关头便不客气地把烟拨到一边,说往后你别再抽这大中华中不?儿子一怔,说爸的意思我懂,可我别说抽石林,就是抽黄山,用不了两天,就得让人送进整箱的中华来,再说……各位市长都这么抽,我要是另起炉灶,不定让人猜疑出什么来。老关头瞪眼说,那你就戒了,死不了人吧?儿子为难地说,烟瘾养成了,我怕…….老关头吼起来,你怕这,怕那,就不怕你爹的老脸没处放。好,你不戒,我戒!

老关头性子刚烈,一声戒,真就从此再不抽一颗。老伙计们先还惊异,慢慢地,也就有了些醒悟,当着他的面再不说与抽烟有关的话。那个跟他辩争的老伙计还凑到他身边,低声说,老哥,那天是我嘴臭,你别抻心,大侄还是好大侄,这大伙心里都有数。你也别抽冷子就把烟从根上断下来,听说这样对身子不好。老关头抓住老伙计的手.使劲地握了握,却什么也没说。

知道儿子病了,还是在电视新闻里,说市领导在病房里会见外地客人。老关头和老伴连夜去了医院。老关头说,得病怎么也不告诉家一声?儿子说,爸,妈,我是装病。老关头大惊,蓦地想起电视剧里的台词,"要学会当官,先得学会装病",便责怪说,你咋也学这套?儿子说,听说老爸戒了烟,我心里不好受。我这是借医生和秘书的嘴往外传话呢,说我的肺和气管不好,不能再吸烟。我已经戒烟了。

老两口出了医院,走在城市的街道上。老伴欣慰地说,这回你还说啥?老关头说,哪是一天两天的事,不遂我心,我还骂他。这般说着走着,老关头突然仃下脚步,从衣兜里抠抠摸摸,竟摸出一根烟来,笑嘻嘻地对老伴说,跟你商量个事,往后我就在你一个人面前抽,一天不超过五颗,你给我保密,中不?老伴便接过打火机,咔地按燃,恨恨地嗔怨,你这个没出息的老东西呀!

清风拂面

　　这是个名副其实的小理发棚,简易得没法再简易。四根竹竿做桩,四片灰白布充墙。

　　小棚里有四个人,理发员是个高高瘦瘦的中年汉子,罩着白褂,他很健谈,手忙嘴不停,此时正跟理发的那位老者聊得欢。坐在靠边的凳上排队的便是我和另一位小伙子。棚子虽简陋,可理发员却想得周到,竹竿上挂了几本新杂志。我漫不经心地翻着一本《婚姻与家庭》。我旁边那位是个音乐爱好者,他东张张,西望望,嘴里却一刻不停地吹着口哨。

　　突然,口哨独奏戛然而止。我奇怪地从杂志上抬起眼睛,只见独奏者陡地站起身,竟在这比床铺大不了多少的棚子里踱起步来,踱到理发员身后,又蹲下身去扣鞋上的卡子。可那鞋卡并没有松,只见他装模作样地在鞋面上抚弄两下,右脚轻轻一抬,飞快地从脚底抽出一张钞票,然后站起身,把手插进裤袋……

　　那是一张50元的票子。棚子里好一阵没进别人,我自己坐在这里,一直没见地上有票子,而站在棚子里不断活动的只有那理发员,显然,钱一定是他刚才掏东西时带出来的,而现在却进了别人的裤袋。

小伙子坐回座位,理发员回过头,淡淡地笑了笑,说:"就这么屁股大的地方,坐乏了,连直直腰遛遛腿的地方都没有。"

"行啊,也不是在这里长住过日子。"小伙子胡乱应了一句,口哨又响起来。

我该怎么办?要不要马上把他"揪"出来,还是躲得远一点?

"喂,你们二位,谁先来呀?"汉子已在对着挂在简易"墙"上的镜子相面了。理发员抖着围巾,转身问我们。

小伙子慌忙站起身,拔步却往外走:"哎,你理吧,我有点急事,得走。"他对我说。

走?便宜你!我一把拉住他:"喂,你有事就先理嘛,我不忙。"先稳住他,至于下一步,我还得好好想一想。

理发师傅笑着向我点点头,那有节奏的"嚓嚓"声很快伴着两个人的谈话又响起来:"要个啥发型啊?"

"你看着来吧。"

理发师傅转身抓毛巾擦了擦脸上的汗:"小伙子,工作啦,还是念书呢?"

"俺是临时工,正给热电厂撅屁股挖地沟呢。"

"甭愁,临时工也照样出息人。有句老话,'将相本无种,男儿当自强。'当年诸葛亮未出隆中时,其实也是个待业青年,一直待到27岁,未出茅庐,先定三分天下。汉朝还有个韩信,当待业青年时,受辱胯下都不在乎,后来为汉高祖打天下立下了大功。人生就怕没个志气,对不?"

我惊羡理发师傅的博识和引经据典的能力,我无心再看书,便也加入了谈话:"师傅,您没少读书呢。"

"倒是爱翻翻,下乡那几年,几本闲书都让我翻零碎了。唉,没赶上好时候,等熬回了城,都快三十了。"

"回城没分配工作呀?"

"分了,在纺织厂,干保全。在厂里的时候,一车间男工女工的头发,差不多都归我'保全'。这几年,厂里放长假,咱总得找个挣饭吃的营生吧,就把业余变成专业啦。可厂里那些工友们还常大老远地跑来找我,剪完头十元二十元的一扔就走人。我知道工友们的心意,可那钱咱能接吗,凡是到这儿来剪头的,不是蹬三轮就是守摊儿的,都不容易。大家还想着我,还记得我的这点手艺,咱就知足啦。"

说话间,棚门口跑进一个十五六岁的姑娘,怀里抱着饭盒,进门就喊:"爸,快吃饭吧。我妈说,面条一放就打团了。"

我翻腕看表,哟,快两点了,忙说:"师傅,您还是先吃饭吧。"

"不忙,不忙,这小伙子有急事呢。"

"我等等,中。"小伙子表态了。

"你们年轻人的时间金贵。"师傅手中的剪刀仍在嚓嚓地响,又对站在旁边的姑娘吩咐,"把饭盒先放凳子上。拿着扇子给这位大哥扇扇。你看他出了多少汗。"

真的,小伙子怎么出了那么多的汗,顺着脸颊和脖颈儿往下流。天是热,可也没热到这个程度啊。

姑娘噘噘嘴,执拗地端着饭盒:"我妈今天腿又痛得厉害,强撑着做了饭就又躺回床上去了。她说今儿午后要下雨,叫你早点收摊儿呢。"

"等你这位大哥剪完你就回去。"师傅又自言自语地说,"她妈在冷冻厂,那个厂也是活不起的样子了。本来开工资都难,偏又得了个风湿性关节炎,刮风下雨的,比天气预报都灵。"

起风了,杨树叶儿轻轻地唱起来,可小棚子里仍是闷热。姑娘站在身旁,不情愿地正对着那位小伙子一下一下地扇。

此时,再看那小伙子,端坐椅上,双目紧闭,是在安然领受父女二人对他尽心尽意的服务,还是在内心对自己做着谴责?

小伙子理完发,站起身,红头涨脸地摸出两元钱,往师傅手里一塞,连声谢都没说,便匆匆跑出去了。我急了,跳起来要追出去,可胳膊却被师傅紧紧地拖住了。

"师傅,不能让他跑了!"

"他忙哩。"

"您不知道……"

"我知道,知道。"师傅笑呵呵地拍拍我肩头,硬拉我坐下。

"他——"我要喊出来了。

师傅对我笑着摇摇手,然后抬起一只脚,指给我看。原来在他脚下。正踩着小伙子刚才捡去的那张 50 元的票子。

"唉,人哪,谁没从年轻时过过,知道错了,就中啦!"

阿咩走穴

大山里穷。县里乡里为帮山里人脱贫,想了许多办法。五年前,县里召集了一次知青返乡恳谈会,三道沟乡安乡长看与会者名单上有个乔卓兰,职务栏内注着是一家服装集团的董事长,便想起当年来家乡村子插队的知青中有位大姐,也叫这个名字,当时青年点还没建起来,乔大姐便和自己的亲姐姐在一铺炕上睡了近一年。安乡长急奔了会议下榻的宾馆,见面先报了自己亲姐姐的名字。乔大姐惊喜地问:"你是四旋儿?"安乡长便挠着脑袋哈哈地笑，"难得大姐真还记得我！"

　　四旋儿是安乡长小时的外号。乡间有句俗谚，"一顶拧，俩顶横，三顶打架不要命，四顶说话不一定。"顶就是头发里的旋儿，此谚专指男孩子，人生下来，一顶两顶为多，三顶已很少，四顶的则像东北虎、金丝猴，很珍稀了。

　　那一次，安乡长陪乔大姐回到乡里，乔大姐哪儿也不去，坐在姐姐家的院子里剥了半天苞米。临走，乔大姐说，"来时我从乡路上一走，就知这些年这里没啥太大的变化。这样吧，十天之间，我会派人送来乡里四十只绒山羊，你们分到十个村子十家农户去，每家三母一公。我考察过，这种羊很适合这一带山区饲养，羊绒的经济价值非常高。我的建议，最好不要放在山上散放，而是精养舍饲，那对山林植被也是一种保护。我早有在县里建绒毛加工厂的打算，五年后我再来看，如果咱们乡的山绒羊饲养真成了规模，我就把厂址选在这里。"

　　五年的时光，说快就快，说慢也慢。今年秋天，乔卓兰不食前言，果然就又一次来了乡里。这五年，安乡长因没有明显的政绩，还在原来的职位上踏步不动。他一直盼着乔大姐来，乔大姐真若在乡里建起工厂，那他的政绩就突出了，升迁就有指望了。可他心里也犯难，五年前四十只绒山羊分到十家，有几家不听指教散放在山上，或跑失或滚崖或生病而死，还有几家因婚丧嫁娶或孩子升学，干脆把羊变了钱，更有两家嘴馋的，过年时羊就变成餐桌上的美味。眼下乡里真正可供人一看的，其实也就三家，每家已发展到三四十只，圈在一起也很惹人眼热。但三家就能算规模吗？

　　活人总不能让尿憋死，且让你先把厂子在乡里建起来再说。安乡长发了狠心。

那天，安乡长陪乔大姐在农户羊舍前看，边看边介绍："要说规模吧，可能有失大姐期望了。像这架势的，眼下一个村也就三五户。全乡十五个村，如果全乡的羊都能集中到一个村里来，那才真正叫规模化呢。"

乔大姐却很满意："这是基础，还算结实。万事开头难，有了基础才能万丈高楼平地起呀。这已经超过我的预想啦！"

安乡长很振奋："还是咱大姐，张口就是明白话！这就好比打麻将，先得上挺求和，和了后才能数番，一翻二，二翻四。眼下一个村有三户，明年就是六户，后年就是十二户。那一个乡是多少？您先张罗着把绒毛厂建起来，有筹备这工夫，羊就翻了一番啦！"

乔大姐说："打麻将的事我不懂，可道理应该是一样的吧。"

正巧有只小羊羔从圈里钻出来，雪白雪白，绒绒的，球一样滚到乔大姐脚下。乔大姐弯腰抱起它，喜爱地在怀里抹挲，那小东西睖着黑亮亮的眼睛，还伸出柔润的舌头在乔大姐手心里舔。乔大姐疼爱地说，"小东西，叫什么名字呀？"那小羊便咩了一声。乔大姐笑了，"好，就叫阿咩，挺好听的。"

安乡长不失时机地掏出数码相机照下了这一幕，还拿到乔大姐眼前去欣赏："大姐看看，多美。日后我们乡里绒山羊产业大发展，大姐是祖师奶奶，首席功臣，这一幕就是历史的见证，家家户户都得挂起来！"

乔大姐把一个村的三家养羊户都看了，安乡长问还去不去其他村，乔大姐说还是多看看好。安乡长说谨遵懿旨，大姐您说再去哪儿？乔大姐随口说了垃子口，那是乡里最偏远的一个村子。安乡长说我的车加油去了，马上就回，咱们先去村委会喝点水，车到就走。

乔大姐在去垃子口的路上发现自己的戒指丢了。那个戒指不值多少钱,却是结婚时先生戴在她手上的。先生也是老知青,却英年早逝,那戒指便成了她永久的念想。那一刻,乔大姐的心里很痛惜,一路都在想可能丢在哪里,却缄口没跟任何人提起这个事。

到了垃子口,再进农户家,又一只可爱的小绒羊滚过来,对着乔大姐咩咩地叫。安乡长说,大姐快抱抱它,我再给您照一张,身后的大山有特点,有此景相衬意义非凡啊。

盛情难却,乔大姐便再一次抱起了小绒羊,手又在羊身上抹挲,可这一抹挲不要紧,就抹挲出了异样。乔大姐从羊绒上摘下一件东西,看了看,竟正是自己丢失的那个戒指。她怔了怔,放下羊,然后淡然一笑,竟直呼了安乡长少年时的外号:"四旋儿乡长啊,这只小咩很诚实,大老远的,竟将我丢失的戒指送来了。走吧,我哪儿也不看了。十天内,我再派人给乡里送来四十只种羊,还是五年为期,到时我再来看吧。"

老人与秤

我家曾有一盘秤,不大,最大量只可秤十斤。秤盘是白铁皮的,椵木的秤杆,再加一个鸭蛋大的黑不溜秋的铸铁秤砣,都极普通。

昔日的城里人家很少置备这东西,不像时下的老头老太太们,去了菜市场,听小贩们报出的斤两不对头,就可能使暗器般从掌心里亮出弹簧秤。缺斤少两是眼下的多发病常见病,不小心真是不行啊。

我家的那盘秤是20世纪60年代初添置的。那个年月，上了把岁数的人记忆犹新，通行都懂的说法就是"挨饿那几年"。我家姐弟六人，一差两岁，肩挨肩，一见饭锅腾起热气，眼睛里就窜出小狼似的光芒，为谁多吃了两口少舀了一勺而争吵打闹的事没少发生。爸爸妈妈见光生气吆喝没用，就买来了这盘秤。做饭投米投面时斤斤计较，分配到家庭各位成员碗里时也不差分毫，这既包括分饼子分窝头，也包括分稀粥分疙瘩汤。在这个问题上，爸爸妈妈采取的是同为骨肉、一视同仁的原则，和孩子们一样"均贫富"。其实这样一来，最吃亏的是爸爸了，爸爸是铁路司机，一月定量是40斤，再吃亏的就是妈妈和两位姐姐，她们的定量已是26斤。但爸爸一语定乾坤，说老的保护少的，大的爱护小的，什么亏不亏的，一家人，就这样分！平均分配的原则让我省了不少事，每顿饭称出总量，我再除以8，也就有了结果。那时我上小学，已经学会使用除法了，没读过书的妈妈便让我当她的账房先生。

那盘秤，在我家的使用其实只是那几年，后来就渐渐淡出，丢藏在了柜橱里。挨饿之后的年月，虽然食品还是不那么充足，但毕竟不需斤斤计较了。寻常百姓之家，只要不危及生存，亲情便重归了首位。老秤被重新派上用场，竟是数十年后。小弟所在的工厂关了大门，让工人去自谋职业，歌里唱的是"大不了，再重来一回"，听着真挺豪迈。小弟推起了手推车，上面有时载时鲜果蔬，有时是五谷杂粮，手中使用的工具便是那盘老秤。有一天，一位大娘找到家里来，手里提着一塑料袋小米，敲开房门便鼻子不是鼻子脸不是脸地对老父说，你老爷子一辈子老实巴交的，怎么还养了个坑蒙拐骗的儿子？我只买了三斤小米，你儿子就少给了我二两多。老父勃然变色，急令老母快去找小弟，说你让那个浑犊子立马给我回来，就说我要咽气了！小弟回到家来，老父当着那位大娘的面，一手抓秤砣，一手摇秤杆，立刻感觉出了异常，他就是用那只秤砣一下将秤杆砸断，又重重一脚跺在秤盘上。"撅秤杆"是我们这里约定俗成的规矩，就是说，失去信用，此人便再做不得买卖了。从那以后，小弟四处打工，挖水沟，扛水泥，推煤渣，直至今日，再不沾染生意场。

父亲辞世是在前年，九十高龄。弥留的日子，老父从床头柜深处摸出那只乌黑秤砣，端端的放在床头柜正中。我们问，你老人家把这东西放在这儿干什么呀？老父神志一直清醒，喘息地说，都不茶不傻，自己琢磨吧。

从此，那只秤砣便一直端立在老父老母的遗像旁。冥冥中的二位老人，仍慈祥，仍严厉，似在无声地提醒叮嘱我们，不要忘记曾经的艰辛，不可丢掉拳拳的亲情，尤其是，不管何年何月，诚信忠厚，才是做人立世的根本。我们每每站在二老的遗像前，迎着那殷殷的目光，我们耳畔便似响起铁铸的叮咛，不管心头曾经泛起怎样的功利与浮躁，都被那秤砣稳稳地定住了。

遁 笔

齐某不仅治市有方，且写得一手好字，师承清代扬州八怪之一的金农漆书，刚柔兼济，有力度且显空灵，很能体现中国书法艺术的写意性与哲学性。

可这仅仅是听说。齐市长调来本市,二年有余,人们却从未见其在市报上刊有一字。市内新建楼榭厅堂派人求其墨宝,也从不应允。即使是一些较大规模的文化交流活动请其揭幕剪彩,主办人备下文房四宝,恭恳题字留念,他亦坚而拒之。欲见齐市长一墨迹,已成这座城市一头等难事。曾有人私下戏赌曰,谁若求得市长大人一字,甘愿自掏私囊在市内任何一家酒楼宴贺。当然,齐市长批示之类的文字还是不少的,可那毕竟是文件上的钢笔字或红蓝铅笔所就,算不得书法艺术的。

毕竟有知情者,略揣其心曲苦涩。两年前,齐某曾为省内另一市首脑,业余时间甘守寂寞,独好与几位书家相聚切磋。那一夜,市内一化工厂突然腾起烈火,电话追寻,市长办公室铃声空噪,手机也关闭。秘书奔至府邸,市长夫人也不知夫君去向,只说饭后便抓着几只笔出去了。秘书们驱车四寻,总算在一书友家悬心落地,只见区区斗室内窗帘密合,一市之长正伏于三尺案前动笔正酣,全然不知治下已发生了塌天之灾。后来,省委派调查组了解灾情,闻得起火当时一市之长所为,便有一纸报告呈了上去。齐某平时并非嘻哈之辈,难免得罪的一些恨官怨吏便也顺风扯旗,尽情做起"写字官"不务正业的文章。一时间,上告风借助火势,直使齐某周身是嘴也欲辩无辞了。

好在省领导心里有秤,准星不偏,了解齐某除有书法爱好,平日工作还是尽职尽责的,政绩也还昭然,化工厂火灾纯属偶然,与市长利用业余时间切磋书艺并无直接关系。可市内越刮越烈的倒齐之风毕竟对其继续留任不利,便来个走马换将,易地做官。省领导找齐谈话时,笑语吟吟中透着告诫,"既有重任在肩,有些个人爱好也就只好……暂为节制,还是不要以小失大的好啊。"

响鼓何用重锤？齐某嘴角苦苦一笑，不语，心中却下了狠劲。搬家时将宣纸尽皆送人，几支狼毫忍痛付之一炬，唯有那一方端砚几次举起欲摔，终不忍，找块绸巾仔细裹扎起来，压入箱底，留待告老时再让它重见天日。

　　做得一市之长的人，当然志之有恒。自赴新任所，齐某果然再不摸笔砚，在办公室不摸，连回到家里都不触碰。此一举很令上下许多人称奇钦敬，皆赞有此恒志者何愁一市之治。

　　一日，齐市长伏案批阅文件，直坐得腰酸股僵，两眼昏涩，立起身在室内踱步，踱至会议桌前，桌上黑亮亮平展展人造革包面宛若一张上好宣纸铺展面前，桌上一杯清水也俨然变成了"一得阁"墨汁。齐某突觉心儿悠悠一动，见近旁无人，便以指代笔，蘸清水在桌面上挥洒书之，"形固可使如槁木，而心固可使如死灰乎？"此言乃庄子《齐物论》中一句。书毕，凝视良久，只觉心中郁闷稍释，又运指落下自己名号，仅充言志。恰其时，秘书推门，告说隔壁有长途电话找市长，齐某便急转身去了。

　　秘书见市长于桌前神态，顿生疑窦，凑至桌前，只觉心中一惊一喜。又恰巧这位秘书是位摄影爱好者，急去取来照相机，返回桌前让闪光灯着实闪动了几次。

　　不几日，市报副刊亮出市长亲"指"真迹，虽不似白纸黑字专意所书那般清晰，但经高手印刷工人的精心处理，竟别有一番味道。齐市长浓雾锁峰两载有余，终有一朝偶露峥嵘，一时竟在城市里引起不大不小的震动。

　　铺展报纸，齐市长只好再报以苦涩一笑。遁笔可矣，抑或还须遁指乎？那可就真真要憋死人啦……

善　举

　　江南洪虐，国人悬心。市内书家侠肝义胆，临街挥毫，义卖之资悉为捐赈。一时间，街头拥挤，好不热闹。

　　恰逢周日，市委书记赵同志挤暇，兴冲冲驱车赴义卖之所，一示钦敬，二表慰问，三亦想会会诸多书友。赵同志于书艺有半仙之体，又得职势兼着市书协名誉主席，若非政务缠身，修成一方书法高手也未可知。

　　赵同志步下现代官辇，亲热而周到地逐一与在场书家握手寒暄。俄顷，市书协负责人将其拥至一偌大书案前，递上狼毫提斗，请求道："赵书记，请您一展墨宝。"

　　赵同志谦和大笑，摇首拒之："岂敢班门弄斧？不写，不写。"

　　书协负责人不懈不馁："您的字本来很好，再说，此为义卖，又非参展评奖，有您亲笔，也是对我们诸位的鼓励。"

　　诸书家齐应和，指悬于长绳上的数十条字幅，曰："情意至重，还请赵书记一点龙睛。"

　　赵同志再不好推拒，接过提斗，曰："恭敬不如从命，权且滥竽充数。"又扭头对相随秘书吩咐，"把我的印章取来。"

　　小轿车驰去。赵同志探墨凝神，众人屏息，霎时静了半条街。骄阳当空，柳荫浓密，清风徐来，悬绳的条幅飒飒作响，衬出几分凝重与肃穆。

　　腕动笔飞，行云流水，宣纸上赫然出现几个行书大字：群鸿戏海,众鹤游天。虽难说独领风骚,但也清峻飘逸,不辱书家。众人叫声好,待赵同志落下款,正巧秘书乘车返回,又认真地用过印,这才搓掌一笑,"献丑了,献丑了。"又惹起一片掌声笑声赞叹声。

　　书协负责人小心翼翼托起字幅,轻声问:"赵书记,您看这幅字定个什么价?"

　　赵同志一怔:"什么,还定价?"

　　负责人道:"既为义卖,当然要定价,便是面议,也需有个基准。诸位方家,也都有的。"他的目光向飘飘字幅一扫,将每幅字下面的价签示意给赵同志。

　　赵同志说:"我的字不行,定低点,就那个意思吧。"

　　负责人却很为难:"低了,好吗?"

　　赵同志说:"你们看着定。我是老外,不懂,弃权。"

　　话音未落,一中年汉子已挤至跟前,伸手托起字幅,嚷道:"这个,我出八百,这些字里的最高价,行了吧?"

　　负责人登时怔懵,无言以对。他原意本想有此一幅高悬,平添了引领义卖活动的多少荣耀,宣传档次亦可水涨船高。价若定得高些,则可延至最后也不出手,万没料到未待张悬已有程咬金掷金杀出。

　　"嫌少?我再加二百,凑整。"中年汉子将一叠票子拍在书案上。

　　既为善举,若故意抗价便变了味道。众人眼睁睁看着汉子卷起字幅,兴高采烈地去了。

　　喧阗热烈中,又一干部模样人挤到案前,未开言脸庞已飞上几朵胭脂,踟蹰道:"我也想……请赵书记写一幅,也是一千元,可行?"

拙字尺幅,出手高价,义资瞠目,落入红箱。赵同志心中的兴奋更甚,未待多思,当即应允:"你说,写什么?"

"周总理的诗,'大江歌罢掉头东',可好?"

片刻,那干部也携字而去。又一时髦女士笑吟吟凑至前来:"赵书记,能再费神为我写一张吗?"

事怕连三,何况如此追星赶月一般。赵同志心中怦动,抬眼四望,但见众书家面上虽不乏笑意,那神色中却隐含了许多莫名的蹊跷。听说,书法义卖虽招人瞩目,购字者却寥寥有限,那悬于街面洋洋洒洒的字幅便是明证,甚至某些名家之作也是有人赏赞而乏人解囊。吾赵某于书苑不过平平,拙笔竟成紧俏,何故?¯¯购官势而非喜墨迹也。他日,赵某一旦山高水低或归隐田园,那字便顿成垃圾,一文不名。如此说来,助丑资俗,又伤及众书家自尊,吾之举何雅何德之有?

如此思谋,兴致顿消,赵同志对女士曰:"不写了,你喜欢哪位书法家的字,就去请他们挥毫吧。"

女士却不依不饶,娇嗔催笔道:"我就喜欢赵书记的字嘛。您刚刚给他们写过,怎么到我这儿就不行了呢?怕我掏不出钱来吗?"

赵同志眼望书协负责人,负责人亦觉尴尬无措,顾左右而言他。赵同志只得重新提笔,蹙眉凝神间,猝与秘书目光相碰。那秘书心领神会,立刻抽身离去。

心气不平,何走龙蛇?此番写刘禹锡的《陋室铭》,"山不在高,有仙则名;水不在深,有龙则灵。"心中冷笑,暗接下句,"人不在能,有权则行。"¯¯当然是不能落在纸上的,自嘲而已。

恰其时,秘书气吁吁拨众人而来,嚷道:"赵书记,省委组织部来了领导,已到市委,请您马上就去,说有急事。"

赵同志放笔，抱拳对众书家笑曰："实在对不起，官身不由自己，告辞了。"

小汽车箭般离去，只留几缕烟气几许迷惘，盘绕众人心头。义卖行善，书艺求美，人心贵真，此理昭然。赵同志却不得不避而远之，此咎，当追谁耶？

永恒

董某未待后生晚辈称其为"老"，便抱憾归天，英年早逝。

董某生前只为市直某部门的寻常干事，从未参加过什么协会，墨迹也从未裱糊进过展厅或登于什么报刊，但这个城市中年以上的人却多知董某的字好，即使在洋洋万言檄文战表之类的长文中，他挥毫添得一字，人们也可谷中选豆般指得出来。书法是艺术，而搞艺术能成就点气候者都必独树一帜，别具风格。董某挥毫运墨到了这个份儿上，不成"家"便也是家了。

说来也许令人不信，董某的字有此神韵，竟然得益于那个史无前例的年代。董某写字，原本就有些基础，造反派在市图书馆破"四旧"时，混乱中他火中取栗，偷抢出几本稀世的魏晋碑帖，再出手时便如得仙人指教，日见长进。工总司命他写声明，市联筹令他抄控诉，军管会找他誊通令，革委会嘱其书条例。董某不参加任何派别，却可随便哪家派势差遣，且不管文章内容如何，只是专注誊抄，一横一竖一点一捺都极尽认真，常常伏案挥毫，通宵达旦。成桶的墨汁不知让他蘸光多少，五颜六色的纸张也长河流水般在他案头汨汨而去。令其写字的各派势你胜了他败了，或颓了或兴了，得势时从未有人想起过他的功劳，失势时却不乏迁恨责怨，骂他"笔奴"。倒是后来人们对高悬墙头的各式文字看烦了看腻了，站在那里只是欣赏纸上的墨迹，不时发一声感慨，"啧，这字！"

后来董某悄然谢世，在这纷闹小城有如一弹丸卵石落入滚滚江水，并没引起什么波澜涟漪。一介书生，贫困潦倒，尽遭鄙夷，甚至连他的儿女也不屑为父的艰辛苦楚与世无争。死便死了，世上只是少了一个抄写匠人，有如一片羽毛随风飘去，终成引起人们多大的哀怜？

没想，董某辞世数年后，市里突然来了一位东洋贵客，北京陪同的书法家介绍，此人是日本国目前正走红的书道高手，凡其墨宝，尺幅万金，炙手可热。此番贵客跨洋而来，别无所求，只为收集董公遗墨，准备出版董公作品专集。小城人大惊，不知东洋人何以知董公之字。东洋客微微一笑，开口有言，竟令接待人员又是一惊，此人不仅说得一口纯正中国话，且本地乡音浓重得让小城人也难分伯仲。原来此人是有着二分之一华夏血统的混血，曾在中国小城生活三十余载。"文革"中，虽未得董公当面点教，却对董公之字极其喜爱尊崇，每每独立大字报栏前，潜心揣摩，偶得寒风刮落的残纸碎片，便珍爱如宝，带回家中临摹，百般不厌。此人后来随母移居日本，亮出颇具董公风骨的墨迹，竟很快轰动日本书坛，很多专门研究书道艺术的专家称，其字是中国书圣王羲之体与魏碑体的完美结合，已自成一家。此人之名由此鹊起，可他感恩于从未谋面的老师，决意回中国搜集董公遗墨，以补恩师毕生追求之憾缺。

外事人员陪东洋贵客至董家，董公妻子儿女因不识至宝早将先人墨迹付之一炬，难免大羞大惭，悔之莫及。又陪东洋贵客到董公曾经工作过的部门，翻箱倒柜百般寻觅，又哪得一字片纸？董公生前所书几乎都是大字报，二十余载风风雨雨的洗刷荡涤，早已荡然无存。即是偶有一二直书壁上的，也早被当作动乱残迹清理得一干二净了。有人想起，董公生前所书除了大字报，还曾给市直机关写过大大小小的办公室门牌，或玻璃或铁片或木板，总比纸张耐些岁月的摧磨，于是再查再找，竟仍是一无所获。试想，赫赫然一市首脑，前日军管会，昨日三结合，今番又党政分开，更一次名称便砸一次标牌，哪有空闲之地存放那过时的古董？

东洋客失望至极，因熟悉故土国情，亦无可奈何。恰逢暑日，口燥身燥，心如火燎，便捧了沙瓤西瓜吃了一块又一块。西瓜利尿，很快小腹饱胀，急起身去寻方便，猛抬头，眼前只觉电火石光，一股热浪从心底直冲而上，面前白牌牌上黑色二字赫然扑入眼帘——厕所！此二字非董师谁人写得出来？

二十余度春秋寒暑，当年董公笔下奔走的龙蛇何止万千？而今，竟只存这大俗不雅的两字，幸甚耶？憾甚耶？

东洋客当即请求摘下此牌，意欲携而归去。市文物办闻之，急遣人来阻。东洋容许以重金购买，文物办言称此品珍贵，绝非钱多钱少。双方苦苦争辩，最后东洋客获准拍照，而原件则留市文物办珍藏，三八线绝不肯再退让一步。

据说此块"厕所"门牌现仍珍藏于市博物馆内，并不轻易展出，只有极尊贵的客人才有幸一睹风采……

轮 回

书家黄某,年近七旬,自幼师承颜体,挥墨圆润遒劲,虽不敢说拔指省内,在区区一市却是颇有些名气,沿街商号匾额、园林楹联,出自其笔下者不可枚举,后生晚辈多以黄老敬之。

近年,早过"耳顺"的黄老却时常耳不顺甚或大迷大惑起来,讥其运笔保守拘泥无创新之语九曲十八弯,不时逶迤传至耳中。几城市筹备书法联展,黄老将近作罄尽取出,选取几幅得意之作兴冲冲送至市书法家协会。几位青壮年栋梁接过墨迹,观望良久,竟默然相视,不做声言。黄老衲罕,亦有些羞窘,尴尬托词抽身离去。入夜,一昔日得意门生潜入家门,寒暄后委婉相告曰,"黄老的字固然是好,但……可否另选一幅呈新之作再送去看看?"并称是受诸评委之托而来。言虽未尽,其意已明。黄老冷笑不语,接过所退墨迹,一条条撕碎掷于纸篓,倒窘得昔日门生一脸胭脂。

是夜,黄老难眠,垂首苦踱于书房内,忽见书案毡托上孙儿临睡前完成的习字作业,心头突觉怦动,急提笔落款,取章压印,而后掷笔仰面大笑。

黄老孙儿年方七岁,父母均在南方城市发展,黄老留孙儿在身旁,一添膝下之乐,二为督导孙儿打造习字的基础。稚童聪颖,又得真传,出手虽拙嫩,却也非寻常孩童可比。

翌日,黄老携孙儿作业复至书协,徐徐铺展,惊得众人纷纷围拢。一人语焉,"黄老此字返璞归真,拙中见功,实乃神笔!"众人立刻附和,齐赞老先生笔上春秋几十载,有此创新之笔,确乎别开天地,难得了!

黄老心中苦涩,亦不多言,任由众人赞评,倒要看看如此"大作"还会闹腾出何等怪花样。没想此字不仅参得联展,还得了头元重奖。黄老愤愤,哭笑不得,本欲抖开包袱戏弄众专家评委一番,但笑话开得大了,反觉难以启齿,只是颁奖之日,报称老身不爽,不肯赴会。

黄老从此再不肯参加任何展览或比赛,有人求字也委而拒之。有人说黄老得了今生最高一奖,怕丢了名气,就此封笔了;也有人说黄老专心教孙,另有雅兴了……谁愿说什么就说什么吧,黄老只是再不肯示字于众,不是不写,写只是自悦其情,自得其乐了。

动 机

宏达小区近来接连发生了几次失窃案件,闹得人心惶惶。哦,说失窃并不准确,因为丢失的那几辆自行车后来都找到了,一个螺栓都没缺。找到的地点也不远,就在小区内,有辆车子还扔在了警务室板房外,让人哭笑不得。虽说东西没丢,但居民们意见很大。试想,居民们突然发现代步工具不见时,多是在早晨上班的那个时段,不跳脚骂娘才是怪呢。

宏达小区是20世纪80年代建的老楼房,原是公房,买给职工了，可以想见档次，防盗设施形同虚设，许多楼门风雨洞开。日常，居民们的车子多是放在楼道里，或靠墙而立，或倚挂在楼梯上，有意思的是，这次丢的车子多是从 A 楼门到了 D 楼门，或者是从 B 楼到了 C 楼，反正都没真丢。虽算不上什么正经案子，但居民们左一个电话右一个电话打到派出所里来，不给个说法总说不过去。所长就把任务落在了我的头上。

破案不能不研究案犯的动机。从已知的线索上分析，这事极可能是因居民不满楼道内乱放杂物，影响了通行，所以才出此下策以示抗议。以前这类事小区里也常出，拔气门芯，往轮胎上按图钉，倒霉者骂上几句，也只好认了。可这次的不同却在于，总不能住在不同楼门里的人在这种事情上也采取联合行动吧。再一种可能便是窃贼先将赃物转移，待尘埃落定后再从容销赃。但这也只能限于可能，眼下还丝毫没发现窃贼准备销赃的迹象，况且，从那几辆失而复得的车子上看，也不像。都是残旧不堪的，若真想换钱，旁边就放着八九成新的山地车，偷车人还用得着讲艰苦朴素吗？第三种可能，便是恶作剧了，现在的年轻人，吃饱了撑得慌，闲得挠墙，专好要出些隔色的把戏，消遣别人就是他们的人生乐趣。网上这路事不少。

要破这种案子，其实不难，不过多吃点辛苦罢了。我裹上棉大衣，后半夜出去，躲在宏达小区的僻静处蹲坑。寒风阵阵，如芒如刺，直砭骨髓。第四夜，凌晨三点多，正是小区里最安静也最寒冷的时刻，我隐约见 16 号楼有个身影从一楼门里搬出一辆自行车，一手扶把，一手提着车后座，只让前轮着地，向着 14 号楼而去。他这样推车，显然车子是上了锁的。我健步窜出，追上去，一把抓牢那人的腕子，又用手电晃了一下，这一晃就晃得我大感惊诧了，原来我抓住的是个老爷子，满脸的褶子，瘦高的身材，气喘嘘嘘的，看年龄，足有七八十岁吧。那一刻，我真的有点懵了，不知道对这么大岁数的"嫌犯"该做如何处置。

为了不惊扰居民，我打电话让所里值班的同志把警车开过来，先把老人带回派出所。然后，就有了这么一节应该叫谈话的"审讯"记录。记录是值班同志在电脑上敲下的。

姓名？

（老人掏出身份证）都在上面呢，自己看。

身份证：王喜田男汉族 1938 年 4 月 22 日出生住址：本市宏达小区 11 号楼 3 单元 6 楼 2 号。

做什么工作的？

你家人七十多岁了还能工作呀？纺织二厂的，保全工，早黄了，我现在吃的是社保。

家里都有什么人？

一人吃饱，全家不饿，就我一个。

老伴呢？

十几年前就死了，享福去喽。

没有儿女吗？

有个闺女，去非洲做买卖，听说还跟黑人结了婚，可一走就再没了影儿，不知死活了。还有个儿子，叫王文革，在广东汕头打工呢，把老婆孩子都带过去了。

你为什么……乱搬别人家的车子？

你想因为啥，那就因为啥。

实事求是地说。

啥叫实事求是？那你说因为啥？

这样的事，你做过几次？

没心思数,总有十来次了吧。

我们怎么跟你儿子联系?

(老人递上手机)自己看,打了足有上千次的那个,就是兔崽子的号。以前还打得通,可眼下打不通了。兴许你们警察本事大。

没有别的电话了吗?

又不是储蓄折,我犯得上藏起来不说吗?

老爷子挺倔,而且不是一般的倔,完全是毫不愧悔,一无所惧的样子。我不敢逼得太紧,唯恐这么大岁数的人再出点什么意外,就让他躺在长沙发上休息,还给上盖上一件大衣。等天亮所长来上班了,我便如此这般做了汇报,并将老人的手机递过去。所长按了键,送到耳边听,但很快就关了,又调出通话记录看,好一阵才说,基本都是老子打给儿子的,石头疙瘩里蹦出来的东西。这样吧,你马上跟社区核实情况,我去找局里,想办法把这小子找出来。

所常用的招法,我都试过,求助局技术科,我也想过。我从社区跑回来时,所长便交我一张纸条,说你按这个号打过去,编个理由,让他赶快回来。我问,那老爷子呢?所长剜我一眼说,你说呢?

那个电话我是当着老人家的面打的,他就支棱着耳朵怔怔地听着。通了,果然是王文革。我自报了身份,问他手机号为什么换了,王说原来的号骚扰太多。我问,换了号为什么个告诉老父亲一声。王故作吃惊地说,我没告诉吗?我是群发的信息呀。我懒得戳穿他的谎言,说你老爹这边有紧急情况,你抓紧回来吧。王迟疑了一下,问能不能稍缓三两天。我心头的火气顿起,说声你自己掂量着办,就把电话撂了。

我开车送老爷子回家。在楼门口，老人家突然转身抓住我的手，说我真是没招儿了，谢谢啦。那声谢字，突然把我说得心里酸酸的，伏在方向盘上，好半天没动。

各取所需

局里来了新领导，姓冯。冯局长到来不久，就把局机关的职工福利做了重大调整。他对局办主任说，把年节发给职工的福利免了吧，改为每天备些家常用的柴米油盐和时鲜蔬鱼肉之类。不然，我看同志们迟到早走的，心里都是惦着这些过日子的小事，办公室就把大家的这些后顾之忧免了吧。主任有些为难地说，天天发这个，我们办公室就干不了别的了。冯局长说，发什么嘛，负责机关食堂的同志一并买下来，就放在机关二楼的食堂走廊里，同志们下班，需要什么，随便带走一些就是了嘛。主任还是犹豫，说只怕不是一些，可能有的人往后连老妈和丈母娘都不用跑菜市场了。冯局长脸上露出不耐烦，说不要把同志们的觉悟想象得那么低嘛。主任却仍有顾虑，说我担心……往后机关福利这一块的开销就要有窟窿了，可能还小不了。冯局长摆摆手说，有窟窿跟我说，先试着办两年再说。

局里是有实权的，局办主任岂能怀疑一局之长的能力。

提前进入了按需分配的共产主义，机关里的同志们自是高兴，打心眼儿里感谢冯局长地带来的新举措新变化。只是，时间一长，大家也纳闷，怎么从没见冯局长下班回家带走什么东西呢？有人愿当诸葛亮，说局长家有保姆，这种种事还用得着他操心呀。

时光过了一年，入夏后，局机关突然失盗，有窃贼从楼后面爬进窗口，撬门弄锁进了好几间办公室，还多是领导间，据说损失不小。须知，眼下不少人好把私房钱瞒着家人藏在办公室。刑警们来了，戴着脚套的白手套楼上楼下地看，拍了不少照片。听说窃贼挺有手段，进楼后不光躲开一楼的门卫，还破坏了几处监控镜头。警察们也不是白忙活，后来就从二楼走廊吸顶灯处取下来一个小玩意儿，据说是针孔摄像镜头，可与楼内的某处电脑无线连通。刑警带着那镜头进了冯局长办公室，关严了房门，也不知密谈和做了些什么，再出来时便急匆匆驱车而去。没过两日，有消息传来，案子破了，窃贼被擒，线索就是二楼走廊的那个没被窃贼发现的针孔镜头，而与镜头相连接的便是冯局长写字台上的笔记本电脑。恶贼将身材与相貌留在了摄像中，插翅难逃了。

为此，机关的同志不由瞠目结舌心惊肉跳。不是惊于窃贼的行径恶劣，也不是叹服于人民警察的手段高超，而是心悸于一局之长的神出鬼没。他把针孔镜头藏在那里干什么？悸恐之余人们便不能不反思，自己下班取鱼肉菜蛋时是否露出过贪婪之举，有时还以为故意晚走一会，趁着走廊里没人便可率性而为，却哪知早被局长大人尽收了眼底。细细想来，这可比被人偷窥了卫生间还可怕呀，卫生间偷窥去的不过是生理的隐私，这却是心灵的隐私，人家又是安设在公共场所，真是让人有口难言呀。

心存不平，自要有所表露，不过委婉些。冯局长不能不对人们忿恼一无所察，便在一次机关大会时主动提到这事，说刚来局里时，对福利改革不知同志们都有些什么想法，也想知道大家还有些什么要求，一时忙得分不开身，就玩了一点小动作。有同志批评我办法不合适，我表示完全接受，并坚决改正。其实，那个录像安在那儿没几天，我就忘到脑后去了。再一次深致歉意啦。

各取所需的机关福利仍在继续。只是，当人们再走到那里时，仍觉身后哪里还藏着一双眼睛，还有人则宁肯跑路去买，也再不肯讨这个方便了。倒是局办主任高兴起来，因为机关的福利支出明显降了下来，须知，时下的物价可是日日在涨呀。

又一年，冯局长突然被人带走了，走了后就再没回来，先是听说被双规了，后来的确切消息便是收受贿赂一千多万，被判了十五年徒刑。有人说，收谁的，不收谁的，又索要谁的，冯大贪早在监控画面前就有主意了；又有人说，活该他恶人自有恶人磨，兴他鬼鬼祟祟地偷窥别人，就不许别人鸦默雀静地以其人之道还治其人之身呀！是不是这样呢，谁知道。

剑走偏锋

林铭曾是县政府办公室副主任，去了枫林乡当乡长。枫林乡的自然风光不错，尤其是秋天，万木霜天，层林尽染。利用周末，林铭带妻子尹玲去了辖地。车是自己开，过了一道山梁，林铭说，这就进了我的一亩三分地了，好好看看吧。尹玲说，闭着眼睛，我也知道，屁股底下开始颠了。林铭说，乡级公路归县交通局管。尹玲说，别的乡也归县局管，可人家那段不颠。林铭说，我到乡里时，打过保票，一年之内，一定要啃下这块骨头，把枫林乡的农家

160

全民微阅读系列

乐旅游业发展起来,不然,就这破路,谁来?尹玲问,以前的乡官没啃?林铭说,啃也是瞎啃,天天跑县政府和交通局,逮耗子钻蛇洞,道儿不对,怎会有用。尹玲问,那你有啥办法?林铭说,天机不可泄露,你等着再来时看吧。

　　一年后的一天,林铭吃晚饭时不断看手表,不等放筷就把尹玲拉到了电机前。屏幕上正播本市新闻,市长到枫林乡检查工作,在众多的随员中隐约可见林铭的身影。林铭不住地说,看到了吧?看到了吧?尹玲不屑地撇嘴,说我看到了一只老虎,还看到狐狸远远跟在后面,连个正经镜头都没给,不过是个狐假虎威的现代版。林铭说,我是让你看公路。尹玲这回注意了,市长坐在公务中巴车上,窗外的公路宽敞平坦,醒目的黄白两色交通标识线像一束绵长无限的丝,迅速被公务车吸进腹里。尹玲惊讶了,说你真把公路修上了?林铭得意地说,立下军令状,岂敢当戏言。尹玲追问,你怎么就修上了,天机这回可以泄露了吧?林铭说,说复杂就复杂,说简单极简单,我不找县长,也不求局长,我求市政府办的副主任刘天鹏帮忙。刘天鹏你是知道的,我的老同学,他虽没人权和财权,却能协调和安排市领导的一些日常工作,尤其像下乡检查工作这类事,都是他拿方案,再让领导点头。我求他把枫林乡安排进去,就这一步棋,县长和交通局长再也不喊钱紧了,立刻紧急部署,日夜兼程。尹玲仍作不屑,但目光里已满是钦佩,说看不出,你还真是条狡猾的狐狸。

　　林铭再请夫人去辖地视察,尹玲却不点头,说你没看我这些天忙成啥样,连孩子都交给我妈了。尹玲的工作单位是市里的一家宾馆,三星级,位置和设施硬件都不错,就是效益上不来。总经理发了话,一个季度内,谁能保证把营业额提升百分之二十,谁就当经理。宾馆主要分三块,住宿、餐饮加娱乐(含洗浴),尹玲竟聘,撑起了住宿这片天,别人喊经理,其实略去了代字。斩监候,等着你有立功表现呢。林铭问,有一个来月了吧?营业额上来点没?尹玲说,能维持住就烧高香了。你要是真有化腐朽为神奇的本事,也帮我出出点子。林铭说,不在其位,难谋其政,宾馆的业务,我哪懂?尹玲摞了脸子,起身回卧室,关房门前冷冷地说,今天我心里烦,你在孩子屋自己睡吧。

尹玲在大学时学的是旅游专业,包括宾馆管理。这些年摸爬滚打,看着昔日的同学各挑起大梁,心里岂能不着急。几日后,林铭安排好乡里的工作,一头钻进妻子所在的宾馆。他打定主意微服私访,低调入住,循规守矩开了房,好在那些服务员都不认识他。有了房卡在手,他就充分享受上帝的权利,一会去找服务问这问那,一会又装作找朋友在走廊里四处游走,那个大堂更是出来进去走了好几趟,还在雅座要了咖啡,慢条斯理品享安宁。及至尹玲发现,现出惊讶时,他急使眼色,小声叮嘱,我是这里的普通客人,不需要你的任何关照。

林铭在宾馆住了两天,回家后对尹玲有了如下交代:你以前的药方照用不变,但我只换一剂药引,你马上让手下的所有人轮流上总台。尹玲说,总台的那几个女孩子可是我优中选优的,年轻,漂亮,懂业务,服务态度也好。还能让那些清理房间的大嫂们上总台呀,她们又不懂业务。林铭说,又不是高精尖,培训一下足矣。这就是我给你开的祛虚止火的方子,灵与不灵,且看疗效吧。

奇迹竟真的就在这道看似昏庸的方子投用后出现了,一月后,宾馆营业额上升了九个百分点。尹玲回家报喜,林铭说,这是初效,再过一月,必然更好。果然,在尹玲的经理试用期满三月时,营业额竟提升了百分之二十四!尹玲惊异,急讨真经,林铭诡秘一笑说,自己琢磨。

被扶正当上了部门经理的尹玲为解真经，把三月来所有的明细账薄都堆到了办公桌上，这一翻，就发现增加的份额主要体现在短暂开房的收入上，客人来了，短则一两小时，多则三四小时，上午有，中午有，下午和入夜后也有，却多不过夜。宾馆还在套用老规矩，开了房就算一天，这样一来，有的客房一天开出两三次都是有的。尹玲心里一激灵，似有所悟，随即又沉下去，变得很酸，很疼。

林铭明显感觉到，妻子开始对他不放心了，手机不定在什么时段就打进来，问他在哪里，在干什么，跟谁在一起，有时还莫名其妙的要求与跟他在一起的人说上几句话。当林铭意识到问题恰恰出在自己所开出的那道药方子上时，只能暗自苦笑了，看来剑走偏锋，最容易受到伤害的，恰恰是使剑人自己呀。

会　过

九月怀胎，琳琳的身子一天比一天沉重。石丰说，让我妈来吧，还得临场热热身呢。琳琳叹了口气说，那你就抓紧准备，该买的买足，要扔的也赶快扔掉，我最怕的就是你妈"会过"那个劲儿了。琳琳还特意指指放在墙角的热水壶，说把那个也扔出去吧。石丰拿起壶看了看，说这个浇花正合手，又不碍观瞻，就别扔了吧。那只壶黑白相间，造型是憨憨的小企鹅，却不知电灶出了什么毛病，水烧开后不再能自动跳闸断电。正巧家里还有一只新的，昔日的热水壶便承担起了水瓢的功能。琳琳又说，你妈也年过半百了,看看差不多的,你就给个假释,行不? 石丰在法院工作,听"假释"这个词从媳妇嘴里冒出来,不由笑问,你是让我给我妈假释,还是给你假释?

说起琳琳和婆婆的关系,还是不错的,两人你恭我让,从没红过脸。可不像有些人家,婆媳真就成了天敌。第一次走进婆家门之前,琳琳曾认真向石丰讨教,问怎样才能过了婆婆这一关? 石丰说,咱这老娘亲呢,最大的优点是会过,最大的缺点或曰不足也是会过。当年我奶奶在众多的候选人中为什么偏偏相中了我妈呢? 就是因为她帮我奶奶淘米做饭时,不光把落在锅台上的米粒拣起洗净丢进锅里,还将淘米水沉淀后倒进了泔水缸。我奶奶后来不止一次对我说,先头的那些丫头,一个个光想着在我跟前显摆干净利索,哪像你妈这么会过呀。琳琳再问,那你就从细节上给我说说,我应该怎么做,才算会过,比如? 石丰说,比如吃完饭擦桌子,咱俩在一块时,你揪块纸巾就擦了。但在我妈面前,这就浪费了纸巾。正确的做法应该是用抹布,用过后再认真清洗。琳琳叫道,且不说费时费水费洗涤剂,那抹布什么都擦,可怎么清洗才能保证干净呀?

婆婆很快就到了,引人注目处是提来了两只大大的旅行袋,鼓鼓溜溜,好不饱满。婆婆打开展示,竟都是从旧衬衣衫裤上剪下来的布片,说是当褯子。琳琳心里叫苦不迭,想说什么,见石丰使眼色,便咽了回去。当夜,趁着婆婆沉睡,琳琳便喝令石丰快去把旧布片彻底蒸煮消毒,说谁知那东西上窝着多少细菌,哼,还当宝贝呢。

琳琳顺利生产,一家大喜。从医院回到家里后,婆婆便愈发幸福而快乐地奔忙起来。婆婆的会过,也随之无处不在,无时不在地得以彰显。比如采买菜蔬,出楼门不远就有超市,婆婆却一定要跑菜市场,说那里便宜,还可砍价。尤其是,琳琳还注意到,婆婆竟不知从哪里把那只废弃的电灶翻出来,重新启用了那只浇花的憨企鹅。琳琳说,不是有新的了吗?婆婆说,我试过,也没坏到哪儿去,我一边洗襁子一边看着就是。那个新壶我给你们收起来了。

但有一天,婆婆洗过尿布,又忙着奔菜市场,就把正烧在电灶上的水壶忘掉了。琳琳带着孩子正在卧室里沉睡,突被叽的一声脆响惊醒,喊了两声妈,见没人应,便起身查看。卫生间里热气腾腾,憨企鹅的嘴巴还在不屈不挠地喷吐着热气,那蒸汽直扑向镶在墙上的镜子,镜子承受不住不止不歇的热情,便炸裂了。

"咱们也有老的时候。可这,仅仅是因为老了吗?"石丰下班回来,琳琳把他拉进卧室,这样对他说,"这还算万幸。如果我没在家里,或者我没被惊醒,那后果会是什么?水烧干了,电热继续,就可能烤燃旁边的什么东西,现在的装修材料多是易燃的化工产品,我这样说,可一点也不是有意夸大,危言耸听。且不说房子烧起来会造成多大的财产损失,孩子的性命呢?"

石丰去拉妻子的手,说:"你看老妈知错了,也吓坏了,肯定再不会。她可是一个心眼地疼你和孩子的。"

琳琳却轻轻摇头,不愠不恼,脸上还掠过些许的笑意。石丰知道,只要琳琳亮出这种神情,便是不容商量了。她说,"老妈那一辈人的会过,已渗透骨髓,融入血液,我们还能责怪什么?这个事由我来善后,你放心吧。"

两天后,月嫂到位。琳琳当着婆母的面,明确给月嫂分派任务:"我婆母只负责清洗孩子的尿布,其他的事,您就受累吧。"

婆婆又在家里住了几天,就主动告辞离去了,给出的理由是老头子在家不会做饭,天天糊弄,闹胃疼了。石丰送母亲去火车站,母亲又抹起了眼泪,说妈还没老到那个份儿上,怎么就不中用了呢?石丰递上手帕,说,啥时想孙子了,就再来嘛。母亲嘟哝道,跑来跑去的,可都便宜铁道部啦。石丰想起妻子的话,心中不由叹息,老妈的会过,似乎真已成了生命基因中的一部分,还有得治吗?

真 相

退休前,老徐担任过很多年主管财经方面的领导。因为当领导,他就有过许多次讲话,有时兴之所至,他扔掉讲稿,回忆起年轻时的一些往事。其中说的次数最多的,是他当年从乡下抽工回城,进了一家工厂,两月后的一天,乡下突然来了两个人,直接进了厂领导的办公室,掏出介绍信,说小徐是个难得的好小伙,他们是受全村贫下中农之托,来请小徐重回村庄,不论什么条件,要钱请开价,要人可以在还留在乡间的众多知青里随意选换。厂领导笑了,说乡下人可真会开玩笑,小许眼下已是国有企业的正式职工,只怕你们就是去找市领导,我看也难答应。乡下来的人磨蹭了一阵,只好讪讪而退。这件事后来小徐听说了,厂领导还拍着他的肩膀说,小伙子,好好干,乡下的贫下中农舍不得你,厂里的工人师傅也期望着你。小徐从厂领导的描述中,猜知乡下来的两个人一个是大队书记,一个是生产队长,可谓当时乡村中足够强大的外交阵容。

小徐的知青生活是整整的三年。依老徐的回忆,在那一千多个日日夜夜,他白天和社员一块抡镐头挥镰刀,夜间则四处巡查护秋,到了最后那年,他还当了生产队会计。当会计他也不脱产,所有的账目都是伏在油灯下打理。当时乡下的最好劳力一年也就挣上三千多工分,可他哪年都挣四五千,最后那年是六千多,尽管当年的工分很不值钱。除了没日没夜地忙碌,小徐还从没犯过其他知青好犯的毛病,比如偷鸡摸狗,再比如跟女知青或村里的大姑娘小媳妇钻高粱地,用当下人们夸奖某些年轻人的话语说,当年的小徐绝对够得上一阳光男孩,无比灿烂,毫无瑕疵。听老徐深情地回忆往事,人们知道已日渐老去的老徐在籍此抒发着自己的骄傲,也在籍此告诫年轻人,要珍惜宝贵时光,走好脚下的每一步。有人问,你后来可曾又回到乡下看看?老徐摇头说,我实话实说,哪敢啊!尤其是听说大队书记来过厂里后,我不知在睡梦里回过乡下多少次,可一觉醒来,就赶快把那念头掐断了。有两回,我把车票都买好了,可临上车,又打了退堂鼓。乡下的日子,真是苦。我在乡下玩命地干,可不是多么依恋那片土地,我是盼着一旦有机会,早点回到城里来。如果我回去了,村里人盛情挽留,我可怎么应答?不答应要伤人家的心,答应了又不是我的本意。所以从那以后,别说回去,害得我连往乡下写封信都不敢了。

老徐做人做官都挺实在,由此可见一斑。

老徐退休时,正值他们那一茬知青下乡四十周年。老同学们张罗着故地重游,老徐也跟着去了。昔日的大队书记已作古人,生产队长也已是耄耋之人。坐在热腾腾的炕头上,老徐和老队长手拉手不放开,自是要聊起当年去城里要小徐的事。老队长说,为你的事,当年我和大队书记可难透了心。事情已过去这么多年,那我就照本实发,有啥说啥吧。当年你走的急,把生产队的账本丢在那儿,我们选了几个人,可不管是谁,接过账本又都扔下了,死活不肯接,只怕沾了埋汰抖落不清。你丢下的帐可是太乱了,连个科目都没有,就是那么一笔笔的流水账,一团乱麻,哪有个头绪?有人说,这么乱的帐,没有鬼才怪呢。我和大队书记核计来核计去,才打算把你找回来。老徐大惊,万没料到当年的真实情况竟是这样。细想想,当年下乡时,虽说读完了初中的课本,会解了一些方程式,却哪里学过会计,又哪里知道生产队的账目还须分科目,只以为把账记下来就是了。他问,那当时你们对厂里怎么不实话实说?若说了,也许厂里就放我回去一段时间呢。老队长说,那步棋我们也不是没想过,不是怕给你弄出不好的影响嘛。小伙子在乡下没黑没白地干,真要让厂里以为有啥经济问题,那往后还咋在城里混。我们俩核计的结果,就是雇个成手会计先把这团乱麻好好将一挬,要是顺当了呢,重找人接管;要是发现什么问题呢,再公事公办不迟。没想,三个月后,雇来的会计又惊又喜,告诉我们说,别看以前的小会计不懂理账,却是笔笔有踪,一分钱也没差。老徐听到这里,总算长舒了一口气,叹息说,这相当于雇人替我理账,生产队又开销了一笔工钱呀。老队长笑说,生产队可不白出这笔钱。你走后,再没向队上提分红的事,我们把你的工分归拢在一起,按着分值,都当工钱给了替你理账的人。将打平,两不亏,哈哈。

后来的日子,老徐作为老领导,仍不时给年轻人做报告。当年乡下来人要他回去的那件事有时他仍会提一提,当然,旧事重提时他会将老队长说出的真相也讲出来。有调皮的年轻人问,老领导讲这个故事,是不是想说懂不懂专业知识并不重要呀?老徐忙摇手说,千万不可这样理解。我想说的只是,若是缺了赤子之心,只怕专业本领越大,越会做出鬼磨眼障的事呀!

T恤衫

街头老人角的人员基本恒定，一个个端着大茶缸子，或摔象棋，或甩扑克，高声亮嗓地一边玩一边评点江山。年龄嘛，多是六七十岁的，耄耋之人也有，但不多，来了三五次也就不见了踪影。五六十岁的小老头也不多，来了也坐不住，晃一晃不定又忙什么去了。这情景有点像路边的冬青树，乍眼看，一年四季都绿着，但细观察，方知有些叶子在一天天枯萎，又有新叶子在悄然抽芽。世上没有永恒不变的事，人生也是如此。

今年夏天，老人角又新增了一位人物，瘦高，身穿一件数十年前的工装服，左衣袋上方还隐约可见红星机械厂的字样。昔日的工装服多是这样，时下极少见人穿了。红星厂也早成历史，先是民营，后来中外合资，眼下还有没有，不得而知。年龄在老人角算是年轻一茬，头发还茂密着，以前可能一直在焗染，看来不想染了，发根那一层白茬便日渐其厚。老人们对新人来去均持不冷不热的态度，也很少有人打听以前是做什么的，家中什么情况。都已进了夕阳岁月，随其自然才好，该知道的总会知道，人家不愿说的你还打探个什么呢。此公来了从不多说什么，见楚河汉界边厮杀，便君子观棋不设一言，见斗地主打娘娘哄嚷热闹，不时也跟着呵呵一笑或摇头叹息。有时，场上缺人，他也不推辞，一出手便知有些功夫，不可小觑的。

表面上看，以为聚到这里的都是赋闲之人，那就错了。老人们身上都有武把操，或电工，或木匠，或水暖，还有人会摆弄自行车摩托车，只是不像劳工市场上的师傅那样脚下立块牌子。年龄大了，不虞温饱，得做且做，挂角一将，谁还甘心为那几个小钱儿去受人差使呢。不时地，会有人跑来问，我家没电了，也没通知停电呀；或说，我家下水道往上返水，哪位大叔去帮看看吧。每到这时候，便有人应对几句，然后拎起不定藏在哪儿的工具袋，随人去了。可往往也有这种情况，来人了，也问过了，问过的人却继续摔棋子。每到这时，曾经红星厂的那位便应道，我去吧。

如是三番，人们就有些奇怪了。这主以前是干什么的？有人说下水，他去；人家说电停，他去；有人说瓷砖脱落，屋顶漏水，他也去。有人问，你还啥都敢摆弄呀？此公一笑，说样样通，样样松，不稀罕。再往后，来人便常是专找肖师傅了，人们这才知道他姓肖。有人问，老肖你这么受欢迎，怎么讲的价？老肖仍是淡然一笑，说讲什么价，我是泥菩萨坐佛龛，凭赏，不给也中。此话似乎亦可当真，因为有时他回来，常是把还没开封的香烟丢给众人，说抽吧，我烟轻。那烟有软中华硬玉溪，很牛掰的那种，也有红河或石林，寻常百姓的家常物。甚至，有时他还拎盒糕点回来，说垫补垫补吧，中午就不用回家了。本来，有人对此公抢活计撬生意是心存忌怨的，但看他如此大度，况且人家常是在别人不愿出手的时候才起身，倒也说不出什么了。

夏日渐消，已见秋凉。一日，一位漂亮少妇匆匆跑来，说家里水管坏了，厨房漾了没脚面的水，请哪位大叔快帮修修吧。老人们你看看我，我看看你，谁也不吭声。这种小打小闹的维修，不过是换根管子或阀子的事，人家即使肯出工钱，油水也不大，要多了不讲究，要少了又不值，还免不了弄得一身泥水。自然，又是老肖起身了，他对少妇说，你先回家，我去建材商店把可能需要的材料带上。少妇说,你先看看需要什么再买不行吗?老肖说,我跟那些人都熟了,先赊着,不用的我再退回去,省得来回瞎跑了,放心吧。两人离去,有人望着老肖的背影说,这老兄,倒会讨女人喜欢,不会是人家身上的上下水他也能修吧。众人哄笑。老人角的这些人,多是粗人,说话不走心,荤素咸淡,只博一乐,没人计较。

过了晌,老肖复归,引人注目的是前半身的湿漉,尤其是那件工装服,前襟上已满是铁锈与泥污,看来活计确是不轻松,估计是伏在地上钻进橱柜下完成的。有人问,都这时候了,没留你垫垫肚呀?老肖答,厨房出了毛病,还吃个啥。又有人说,衣裳都湿成这样了,回家换换吧。老肖答,大日头秋老虎,一会就晾干了。说话间,老肖又从工具袋里抽出一件没开封的深蓝色 T 恤衫,丢到牌摊上,说女主人赏的。你们谁喜欢,就拿去穿吧。人们争抢着看,有人指着商标惊讶地说,我天,30%羊绒,70%棉线,少一千元拿不下来,老肖,这回可让你掏着了。又有人看尺码,说XL的,正合你的身子,老肖,快换上吧,不会是人家专门给你买的吧。老肖仍是淡然一笑,说我还是穿这身工装服舒坦。

数日后,当老人们又聚一起时,有人悄声说,这老肖,可不是等闲人物。年轻时,他是红星厂的维修工,因为心灵手巧,号称厂里首屈一指的维修大拿,没有啥活计他不敢接手的,再加能说会写,连得了好几年的厂先进。后来,当了车间主任,当了副厂长。再后来,调进工业局当了副局长,又进市政府当了处长。可惜的是,前一阵因为高层腐败案子,由正处一卜被撸到副科,回家只等着办退休手续啦。有人突然打断,说别说了,他来了。

远远的,老肖还是穿着那身工装服,提着工具袋从容走来。人们一下息了声,低下头装作洗牌摆棋,一时间,谁知各位心里都在想些什么呢。

171

布
老
虎

温 暖

县缉毒大队的几位警员伏在丛林中已经四天了。

据线报，毒贩是在这里接货，但时间却模糊，只说是半月一次。大队长宋林杰不敢怠慢，立即率全队驱车一千多公里，全天候伏守进了丛林，只留了内勤在家值班。

毒贩足够狡猾，在选定的交货地点上颇是动了脑筋。两条林中土路在这里交汇，让人很难确定他们是从哪里来，又往哪里去。四周是茂密的杂交林，只要有风吹草动，毒贩往林丛中一钻，便相当于泥鳅鱼进了芦苇荡。况且，丛林往北不过数百米就是国境线，若是窜逃过去，就是张起再大的网，一时也难在别人家的地盘上施展手脚。好开玩笑的高延乐说，要是再往北点多好，咱们也有机会领略一下异域风光。好抬杠的李哲说，那你去经侦大队呀，眼下国家正下大力追捕外逃腐败分子呢。宋队对在特警队当过狙击手的李哲说，狙击步枪在你手里，紧急情况，听我枪响，你就开枪。但最好打腿，我要活的。高延乐说，他要是打屁眼上，毒贩拉不出屎来，可得他亲自给擦。气得李哲用巴掌去抹高延乐的嘴巴，逗得大家都笑。

时值仲秋，大月亮一天圆似一天，也一天比一天明亮。伏在林丛中的警员们怕的是白天，尤其是午后那一阵，林子里的气温堪比夏日，闷热交加，还有各种蚊虫往衣裳里钻；到了夜里，夏日又变成了初冬，气温骤降，裹上棉大衣还冷得让人打哆嗦。最难熬的还有寂寞。年轻人早染上了手机依赖症,有点工夫就把那东西摆弄出来。但分头而去时,宋队坚决地将大家的手机都没收了,说我可不是信不着各位,真要是把我们蹲坑的消息传进你们的朋友圈,也许咱们就白跑这一趟了。眼下,这世界上最让人信不着的就是朋友圈。大家虽不情愿,可也无言反驳。

蹲伏者以两路交汇口为中心,分藏于四处,东西北三处各伏一人,均为男士,南侧则是两位女将。女将出马,那是防着毒贩可能是女人。宋队是活动哨,有时还要溜出林子,负责大家的后勤。林外的屯子里有一个小卖点,面包都放干巴了,矿泉水也不知存放了多长时间,谁也别讲究,将就吧。宋队还有话,我不在时,李哲替补指挥。我在时,听到我学花喜鹊叫,大家向我集中,听到黑老鸹叫,则进入临战状态。

但黑老鸹一直没叫,花喜鹊也不叫。直到第五天入夜后,大月亮正圆的时候,宋队才第一次用叫声把大家集中在了一起。警员高兴之余,也未免有些失落。白白辛苦了这些天,不会这就拉倒了吧。让大家没料到的是,宋队竟变戏法似的从树棵中抱出厚厚一摞月饼,一人一盒,分送到每人手上。宋队说,今天是中秋节,局里给所有干警买了月饼,因咱们在外执行任务,我就让局里快递送到了屯里的那家小卖点。大家都别忙着打开,我们集中的时间只有五分钟,然后诸位还是各就各位,一边坚守岗位再一边慢慢品嚼月饼。哦,对了,我还收到一封短信,是咱们大局长亲自发来的,大家请听好。"林杰同志并转侦毒大队各位在节日期间仍坚守在战斗岗位上的干警,我谨代表全局干警表达对你们的深切敬意和问候,并祝你们节日快乐,旗开得胜,凯旋而归!"高延乐忙做叩首状,说谢主隆恩,吾皇万岁万岁万万岁。宋队摆摆手说,小乐子你就装吧,小心以后我打发你去演二人转。散吧。

　　三位小伙子迅速离去,两位姑娘却仍站在队长跟前不动窝。汤洁红着脸嘟哝说,宋队,我们俩就求您一件事,让我们洗个澡吧。好几天不洗,太难受了。我们俩都核计好了,一人坚守岗位,一人去林外屯里,轮着去,随便找户人家,让他们烧锅水就行,我们给钱,行吗?宋林杰心里重重地撞了一下,脸却仍绷着,说我去林外,是以新调来的护林员身份,你们女孩子是以什么身份?不行,坚决不行。再坚持一下吧,为了圆满完成任务,我们不可有一丝一毫的侥幸与大意。

　　八天后,侦毒大队押解两名毒贩胜利而归。毒贩是一男一女,男的身上藏有五四式手枪,在企图拒捕时被李哲一枪击中了臂膀。那女毒贩听到枪响,吓得妈呀一声跌坐尘埃。扭解女毒贩的汤洁捂嘴笑说,臭死了,裤兜里一泡屎呀。

　　回到局里,众警员为迟到的一个消息目瞪口呆,说大局长早被省纪检委带走了,就是侦毒大队出发后的那天午后,至今没有确切消息。高延乐悄悄问宋林杰,说宋队,你假传圣旨,该当何罪?宋林杰叹息说,只要给大家鼓了劲,管他真假呢。李哲则把宋队扯到一边,说据我了解,节日期间,局长并没给干警发放任何福利,但呈到我们手上的那盒月饼却确是出于我市糕点厂,生产日期也是在送到我们手上三天前。请宋队老老实实交代,那月饼不会是你让嫂子千里迢迢快递过去的吧?宋林杰用巴掌撸了李哲一下脖颈,笑道,就你小子聪明。你给我记住,吃人嘴短,不许再说这个事,对谁都不许说。

维 权

　　吴老太到三亚有好几年了。每年十一月初南下,待来年春暖花开的时候再回东北去,被人称作候鸟一族。吴老太患有肺气肿,以前每到冬天,就觉气短,听人说海南冬天暖和,还没有雾霾,便坐火车跑来一试。这一试就上瘾了,那口气一下就吸到了肺窝最深处,甜甜的,润润的,连吐出去都觉不舍。

　　当然,当候鸟也需有本钱。要住房,还要坐飞机,都是不小的费用。人家腰包厚实的,在海南买了房,飞到落脚处便有了巢,好比去年来过的老燕。没老巢的也好办,让儿女们在网上搜一搜,或给中介打个电话,一切便 OK 了。可吴老太没这个方便,穷候鸟必须精打细算。吴老太退休前在一个国营煤矿管矿灯,一管三十多年,后来据说是资源危困,退休金两千元不到。一儿一女也都不容易,不再啃老已是烧高香了。老伴过世的早,活着时是矿工,矿难后只见了骨灰盒,还有一笔抚恤金。那笔钱后来给儿子买了一室一厅的房子,不然,只怕儿子连媳妇都娶不上。

　　穷有穷的活法。吴老太买不起房,那就租,租也不敢去正规小区,太贵。她是去城中村。当地村民等着拆迁,早把房子盖得密密匝匝,休想见光了。但便宜啊,一月几百元钱就说下来了。飞机票贵,咱坐火车,睡不起卧铺咱坐硬座行不?刚来三亚时,吴老太还曾去住宅小区翻过垃圾箱,她在心里算计过,没多有少,把租房钱翻拣出来就行。但那活计只干了三天,房东不干了,说院子本来就小，不可再堆放纸壳易拉罐。吴老太想想也是，从此歇了手。

但处处节俭的吴老太对生活也不是一无挑剔。比如谈租金时，她对房东说，这个屋能挡风遮雨就行，空调冰箱啥的我也不要，但没电视却万万不可。我岁数大了，觉轻，夜里睡不着就得看看电视。这一点你要是办不到，那就再少要点租金，我自己想办法。房东在地心转了两圈，总算点了头。

但是，新年后的一天夜里，吴老太正在看韩剧，突听电视机呗儿地一响，便黑了屏幕，起身摸电视上的毽子，挨个按，又按遥控器，都是毫无反应，便确信是电视机坏了。第二天一早，吴老太对驾电动三轮车要去码头上倒卖海鲜的房东说，我屋里的电视坏了，你给看看吧。房东指指已见白的天空说，眼看就亮了，我去晚了，就什么货也抓不到手了。晚上再说，行吧？

入夜时分，房东回来了，手掐遥控器摆弄一阵，又打电话找来了电视修理师傅，师傅把电视卸下来，开了膛破了肚，说什么什么配件坏了，换件不比换电视省多少钱。房东说，大姨看到了吧，我可不是不给你修。吴老太气哼哼地反驳道，电视是你家的，你怎么是给我修？我只要求你放在我家的电视能有影有声。房东没敢再说什么，却也再没给吴老太什么承诺。

那一夜，吴老太越发无眠，烦躁地在床上烙了半夜饼。听隔壁的动静，极安静，前几天女主人带孩子去了乐东县乡下，老妈病了，去侍候，只留了男主人一人在家。男人兴许真是忙乏了，回家后便睡。天快天亮时，听房门响，估计房东又要出发了，便急跟出去，说我不管你今天忙什么，晚饭前必须给我弄回一台电视来。房东赔笑说，大姨饶了我好不好，一家人还等我挣俩钱过日子呢。吴老太还想说什么，房东已驾起三轮车，风一般远去了。

那天，吴老太在街区上蹓弯，拣回一根粗铁丝，又用石块在两头砸出两个圈。吴老太的打算是，今夜房东要是再耍赖，夜里就用这铁丝和房门锁头将他的三轮车扣在小院里的芭蕉树上，明早我看你再怎么跑。没想，当夜，房东似乎未卜先知，人是回来了，小院里却根本没见三轮车的影子。吴老太好不容易又熬到黎明，隐约听到房东蹑手蹑脚地动静，急又起身。房东见状，撒丫子便跑，气得吴老太喊，你是兔子呀？站住！

房东仍是跑，穿过幽幽暗暗的胡同，到了车水马龙的迎宾路上。回头看，吴老太竟远远追上来。房东怕吴老太使出人盯人的战术，哪还顾得看路灯，横穿街道直奔隐在对面树丛中的三轮车。没想一辆红色摩托闪电一般冲过来，房东躲闪不及，扑通一声摔倒在路心。

那天，真是幸亏吴老太紧跟在身后。吴老太眼见房东遭了车祸，急冲到路上，站在路心对着来往的车辆拼了命地摇动双臂，拦住了过往的疾驰车辆，又呼停了一辆出租车。

房东醒来时已在医院病床上。正等在床前准备核实情况的交警对他说，听医生说，你身体的问题不大，皮肉伤，只是头部摔地，受了脑震荡，休养几天也就恢复过来了。我们已追查到企图逃逸者。要说责任，我看主要还是你，你怎么能横穿街道呢。今儿多亏了这位大姨，不然，你要是遭遇到二次伤害，那可就惨了。你要知道，当时的情况，那是极有可能的，我想想都替你后怕。房东忙对仍守在床前的吴大姨说，大姨，从今往后，只要你来三亚，都住我家，连吃带住，我分文不收。你是我的亲姨呀！吴大姨嘴一撇，回道，少扯用不着的，住房交租，天经地义。我只盼你养好伤，回家后快点让我看上电视就行啦！

阳光心态

　　何大山接连接了几个电话,都是媳妇打来的。媳妇问他最近的活计怎样,何大山说外甥打灯笼,照旧(舅),挺好的呀。媳妇再问,那梁庆呢? 何大山说,梁庆是外甥打手电筒,也照旧。媳妇的口气冷下来,说不对吧,梁庆上月往家里寄了一千六,这月一千八,你怎么都是寄一千二? 你不是在外面包了二奶吧? 何大山哈哈笑,连自己都听出了笑得干涩,他说,几百元钱也能包二奶呀? 有这么便宜的,你快给我也找一个。媳妇说,孩子的学校可又催着交钱了,你掂量着办吧。媳妇说完就撂了电话,何大山知道媳妇心疼话费, 总是把通话时间控制在五十八九秒或一分五十八九秒范围内,极精细。

　　何大山和梁庆以前都是采煤工,家在另一个城市,可那个城市的资源枯竭了, 矿务局给每个职工开下一两万元买断工龄的安置费,就宣布破产了。何家和梁家在棚户区里住一趟房,只隔一道板皮墙,两人一商量,就一齐奔了省城,双双到大众浴池当了搓澡工。要往细里说, 这搓澡的活计最初还是何大山琢磨到的。两人白天在喧嚣的城市里四处找活计,夜里则钻进浴池里找宿,大众浴池便宜呀,二十元钱洗个澡,还可在脏了巴叽的榻铺上睡一夜。可几天后,何大庆就泡在浴池里不走了,只让梁庆出去转。有一天,洗澡的客人连声喊搓澡,正忙着的搓澡工却分身无术,经理问人呢,答说他老妈住医院,去陪护了。何大山不失时机地应声而出,我试试行不？这一试何大山便留下了,原来那几天他留在浴间一直在观察搓澡,那点手艺没啥高精尖,关键是肯用心出力甩大汗。梁庆照葫芦画瓢,耐心等机会,不久也在浴池里扎下了。

大众浴池的搓澡服务很便宜,一人五元,老板抽一半,绝对的计件工资按劳取酬。一般情况下,一人一天搓二十个不成问题,那一月就有一千五六百元的收入,加上还包吃管住,挺让人知足的啦。但时间一长,何大山就感觉到心里不舒服了,不舒服的原因是梁庆不讲究。本来两人有约在先,有客人轮流上阵,你完是我,我完是你,有回头客指定专让谁搓不在此列。但梁庆常常搓完澡不回休息间,而是装作打扫卫生赖在浴间不出来,再有客人喊搓澡他便抢先在搓澡床上铺塑料膜,做活时嘴里也不老实,吹嘘自己专程去扬州拜过师,还忽悠说祖上会推拿,自己的手艺中有推拿术。有客人问那位何师傅手艺怎么样,梁庆说当然也不错,跟着唱的会哼哼,他是我手把手教出来的嘛。

何大山眼不瞎,耳不聋,心里也不苶傻,但他不想把话说破,多年的工友,真要伤了面子,日后就不好称兄道弟了。他也不能把这些委屈说给媳妇,两家门挨门,老娘们心眼小,听说母老虎咬起来更记仇结恨。朋友间的事,和为贵,忍为高,还是让自以为精明的人自己慢慢吧呃吧。

有一天,何大山突然说头晕胸闷要回家休息一些日子,行前叮嘱梁庆,务必替自己将这个来之不易的岗位守住。梁庆为难地说,十天八天还行,我怕时间一长,老板就要瞪眼啦！何大山说,那我回去后想法找个哥们来替替我。梁庆想了想说,那你就叫赵蔫儿来,那小子随和,听说也在家闲得挠墙根子呢,我这就给他打电话。

何大山回到家的当晚,赵蔫儿就跑去探望了,还打听大众浴池的情况。何大山说,那种地方你也不是没去过,洗个澡就出来,还觉神清气爽,真要没日没夜三月五月地囚在里面,又闷热又潮湿,铁打的人也得囚出病来,我不就是个现成的例子?这不,血压上来了。赵蔫儿问,那你还回去吗?何大山说,不回去咋整,一家人还能扎脖儿呀?我顶多在家歇十天半月的。赵蔫儿说,那就让梁庆多顶几天,我不过去了,正好我老丈人也帮我找了个活儿,行不?何大山说,你打电话跟梁庆说,告诉他我正抓紧找人呢。等赵蔫儿一走,何大山媳妇的眼圈儿就红了,说身子落下了病,咋不跟我在电话里说一声?何大山哈哈笑,说耗子尾巴生疖子,多大的事嘛。我新学了个时髦词,啊对了,咱得阳光心态。

一周以后,临时顶替何大山的李二炮出现了大众浴池,人一露面,梁庆心里就咯噔一下,愣住了。李二炮也是下井的工友,干活不藏奸不耍滑,就是脾气涨,眼里容不得沙子,最光辉的战绩是掀过矿长的酒席桌。梁庆问,这搓澡……你干过吗?李二炮说,你以前不也没干过吗?实话跟你说,来之前,何大山带我泡过三天澡堂子,手把手地教我,差点把我搓秃撸皮。

从这天起,梁庆的日子就过得不甚舒坦了。他搓过澡再想赖在浴间,李二炮就干脆端坐在搓澡床边等客人。有人把梁庆说他是新手的话传过去,李二炮就直冲冲地找他斥问,你老婆跟你进洞房,头一夜算新手,第二夜还算不算?一块从掌子面鬼门关里玩过命的人,日子过得都不易,说话做事总得讲点良心积点德吧?吓得梁庆红头涨脸躲着对方的眼睛不敢接话茬。

一个月后,何大山回来了,说自己早回省城好几天了,已又找到一处浴池缺人手,条件差不多,他来取存放在这里的衣物。梁庆闻言,忙说让我去行不行?老板直打听你啥时回来呢。李二炮说,拉倒吧,两口子过日子,还是原配的好,该去也是我去,我这就得谢谢何大哥啦。

从此,大众浴池里仍是何大山和梁庆继续合作,就像一个人的左右手,虽小有差别,但很和谐,也很愉快。

应急之策

高台长放下电话就往新闻部跑,可新闻部的门锁着,敲了好几下才想起,市里正开一年一度的人大、政协会议,今天下午是讨论市政府工作报告,应两会秘书处要求,新闻部所有记者都派了出去,连主任都扛机器了。高台长又去推专题部的门,还好,有人,却只有柳青青坐在电脑前。高台长问,人呢?柳青青答,不是都到两会上去了吗?高台长拍拍脑袋,骂自己脑子臭,一遇事就搅糨糊。不错,除了新闻部,还要有专题部,全部兵马倾巢而动,确是都杀上了第一线。高其实是副台长,一把台长是市人大代表,临去开会前特意叮嘱,这几天,你务必二十四小时给我坐镇指挥,电视台这一块,无论如何不能出差错出疏漏。高台长对柳青青说,那就你去,马上去高速路口,市委宣传部的章部长已经带人出发了,他们也是刚接的电话,省委宣传部的林部长去别的市检查工作,返程时突然提出要来獾子沟村给乡亲们拜年,马上就到,章部长要求,电视记者全程跟随,相关新闻今晚必须播出。柳青青踟蹰说,高台,我要不是给孩子送奶,早跟大家一块去会上了。高台长怔了怔说,哟,我还忘了这一出。对不起,那今天你也必须应应这个急,不是一脚踢出个屁来,赶裆儿(当儿)上了嘛,哪知道林大领导会抽冷子来獾子沟呀。小孩子饿个一顿两顿不当紧,告诉家里,先喂喂奶粉。我小时候,还喝过高粱糊糊呢。柳青青不好再说什么了,迟迟疑疑地去取墙角的摄像机,突然又说,高台,这台机器坏了,来不及修,早晨还是您亲自给文艺部下的命令,他们才肯把机器借给我们专题部呢。真是屋漏又遭连雨天,高台长急得在地心转圈子,转了两圈就转出了主意,说坏机器你也给我扛上,你知道机器坏了,领导们却不知道,这个景儿一定要整,样子一定要做,而且还要做好做足。你坐我的车,带上数码相机,马上出发。你扛机器做样子,让司机把关键镜头都拍下来。剩下的事,你就不用管了。

林部长虽说是省委宣传部的副部长,却管常务,一人之下,百人千人之上,当年是獾子沟村的插队知青,对那个小山村一往情深。就因了这层关系,市委宣传部把远在深山的獾子沟村作为新农村建设的帮扶点,没少得到林部长在资金和舆论上的支持。据说,那种支持还包括本市宣传干部的使用和提拔上的。高台长知道今天落到自己头上的紧急任务是耗子哄猫,一点也大意不得的。

柳青青出发了,电话不断打回来,是司机在奉命行事,说他们的车刚到高速路口,林部长就到了;说林部长下车和章部长握过手,就驱车直奔了獾子沟;说林部长走访了几家农户,和老头老太太们又是搂又是抱的,甚是亲热,令人感动;说柳青青一直扛着机器在拍照,几个关键镜头自己也都抢拍下来了,而且用的是连拍,照相机像小机关枪一样咔嚓咔嚓连着响;说林部长还指示,你们别光知道拍照,千万不要忘了选几张满意的放大洗印好,给乡亲们送过来,也给我寄去几片;说太阳落山了,林部长没有留在村里吃晚饭，而是由章部长陪着回了市里。高台长指示司机说，那你先送柳青青回家，然后抓紧赶回台里。

采访两会的记者们已经赶回台里争分夺秒编辑制作节目了。高台长抽出照相机里的储存卡，送到新闻部去，说你们利用近几天市领导下乡访贫问苦的录像镜头，再把卡里的照片选出几张插进去，省委林部长去獾子沟的新闻一定要在今晚播出去，力保真假难辨，天衣无缝。记者们为难地说，一点录像资料都不给，想无缝，能吗？高台长说，把你们小时候吃奶的劲都给我使出来，尽力而为吧。

本市的新闻节目审查完，央视一套已播天气预报，再插播几分钟的广告，本市新闻就要播出了。高台长不放心的就是林部长的那条，如果让照片上的场景略有摇动，给人以记者在运动中拍录的感觉，是否会好一些？再有，把连拍的照片紧密切换，是不是也会淡化照片新闻的印象？高台长把这些意见都说了，新闻部主任说，您的这些想法我们也不是没想到，不是火烧眉毛，不容时间了嘛。

高台长一直将本市新闻看完，才把电话打出去。他估计，此时，章部长等一些领导一定还陪着林部长坐在大酒店的包房里，高档次的包房里都有电视机，请上级领导们在碰杯叙谈时观看或曰审查有自己光辉形象的新闻，这似乎已成了接待领导的规定性动作。电话响了好一阵，章部长才接了电话。

高台长问："打扰领导了。说话方便吗？"

部长说："我看来电显示，已经出来了。有啥话，说。"

高台长听部长的口气有点冷，心紧上来，小心地问："刚才的新闻节目您和林部长都看了吧？还满意吗？"

章部长哼了一声，说："就你那点小聪明，瞒得过别人，还想瞒林部长吗？你不会不知道林部长当过省台的台长吧。"

高台长的心越发提上来，说："今天下午台里闹人荒，实在打不开点儿，没辙了，我才出此下策。林部长不没说什么吗？"

章部长说："林部长看过新闻后的原话是,这种花活儿,跟我玩玩行,我还可夸主谋者两句聪明,但切切不可耍到党政主要领导身上去,小心砸了饭碗啊。"

高台长怔了好一阵,才问："那您看,林部长是生了气呢,还是在开玩笑？"

部长说："酒桌上的话,哪好辨得真假。你自己琢磨吧。"

同一首歌

三八节前夕,市里召开妇女工作会议,特意请省妇联主席光临。为表重视,市委首席领导高肃哲书记专程从南方学习考察现场飞了回来。按惯例,本来有一位副书记出席就可以了。

妇联同志的工作很细致,会议进行得也很顺利。会场安排得庄严肃穆而不失热烈,千余人的剧场座无虚席。红领巾献辞,工作报告,经验介绍,领导颁奖。进行曲,闪光灯,红花绶带,礼宾如仪。一切有条不紊地完成后,也就到了大会最重要也最关键的时,领导讲话。先是省妇联,语重心长,纲目清楚;接着是市委书记讲,高屋建瓴,统领全局。这是一个胜利的大会,圆满的大会。

功德的最后圆满当是会后的报道。电视台在当晚黄金时段的新闻节目里,用整整三分钟的时间报道了这次会议。第二天,市报也用头版头条配照片报道了会议消息，全文发表了市委书记高肃哲同志的重要讲话。省妇联主席的讲话则是隔了一天发表的，也是头版显著位置。新闻要讲规则，东西南北中，党是领导一切的，将市委主要领导的讲话排在前面，天经地义。

　　时间过了半月。忽一日，高肃哲的小孙孙问："爷爷，您在大会上讲话，为什么要跟省里的领导讲的一个样？"

　　小孙孙六岁了，正读学前班，聪明得让人恨不得抱住他咬一口，他的最大爱好是喜欢拿着报纸给别人磕磕绊绊地念。高肃哲拍着小孙孙的脑袋说："瞎说，爷爷还没老糊涂，怎能学八哥，跟别人讲一样的话呢？"

　　小孙孙从背后拿出了两张报纸："我才没瞎说，您自己看，是不是一样？"

　　小孙孙拿的就是报道市妇女大会的两张报纸，一张登着市委书记的讲话，另一张是省妇联主席的讲话。高肃哲接过两张报纸比较着看了，心里顿时狠狠吃了一惊。岂不真是一样，要说小有不同，也是自己在讲话前勾改的几个地方，就好像两个孪生姊妹站在面前，不同的仅仅是她们的服饰。高肃哲掩饰着恼怒，给小孙孙的解释是，"一定是报社印错了。这两张报纸给爷爷，明天我去批评他们。"

　　第二天，高肃哲一上班就吩咐秘书马上将报纸给报社总编送去，他在报纸天头处纵笔批示："如此游戏，请给解释。"

　　市委主要领导的这种批示，已是再严厉不过的批评，那"游戏"二字足有万钧之重，登时就把报社总编脑门上的汗珠子压了下来。他匆匆看过报纸，急急找来总编室主任，又慌慌地将前几日负责采访的记者叫来，几番问过答过，再望定那两张惹祸的报纸，竟是张飞瞅绿豆，大眼瞪小眼，呆呆地再说不出话来。

总编没有主动去向高肃哲解释，他希望市委书记能把这件事忘掉。但一周后，高书记亲自给他打了电话，那口气仍是不容商量的冷硬，"你不是想让我去你的办公室听解释吧？"

　　总编忐忑地走进高肃哲办公室，将两份讲话稿呈放在市委书记的案头，并字斟句酌地做了如下说明："这是您和省妇联领导的讲话稿原件。我们已做过深一步地了解，您的讲话稿是由市妇联秘书准备的，妇联领导的讲话则是由秘书准备的。问题的症结出在两位秘书，她们竟在网上鬼使神差地下载了同一篇文章，彼此又缺乏必要的沟通。现在网上这样的文章很多，点击率也很高，各级领导在不同会议上的讲话都有现成的样板，秘书们图省心，便常走了捷径。当然，我们报社的编辑和审校人员也有责任，犯了粗心大意的错误，在此，我特向领导表示深刻反省与检讨。"

　　像突然坠入隆冬的冰窟，彻骨的寒意漫透全身，又向心底逼袭。高肃哲哑了嘴巴，他万没料到谜底抖开，给人的会是这样一种尴尬。如此说来，那会场上千人对领导的讲话竟都是充耳未闻？数以万计的市委机关报的读者们也都对领导的讲话视而未见？那天省妇联领导讲话在前，端坐在主席台上的自己又在干什么？而尤为可叹的是，用一根小竹签扎爆了如此庞大气球的竟是一个六岁的稚童，这不会是一篇现代版的《皇帝的新衣》吧？

　　高肃哲向总编伸出了手，苦苦一笑："谢谢你的批评。"

　　"高书记，我……"总编不知如何作答。

　　高肃哲紧紧握住总编的手，说："这件事，还请所有知情的同志暂时为我遮丑。我要反思，也要检讨，但要给我时间，也给我机会吧。"

　　送走总编，高肃哲叫来了秘书，指示出文集的事立即叫停。再过几月，高肃哲就要退休了，市委宣传部的同志们早就张罗着为他出一本论文集,其中收集的多是他在一些会议上的讲话。秘书不知缘由,还想阻止,说印刷厂发排就绪,只等开机付印了。高肃哲坚决地摆手说,"天下文章一大抄,抄来抄去没提高。赶快拉闸吧,没人喜欢再听那同一首歌啦。"

义薄云天

喜来被尚斌收为义子,还是十六年前。事情的起因是喜来的父亲包大宽去乡供销社买化肥,那年月的化肥不似现在有票子就可随便买,村里按每家的人口和责任田,将化肥票发到手上,各家再去供销社排大队,还不见得排了一次两次就能买到手。那次包大宽好不容易排到了跟前,却发现兜里的票子没了踪影,肯定是在乱哄哄的人群中被窃贼绺走了。包大宽跳起来,叫起来,化肥票难掏弄,人民币更难攒赚啊,一家人省吃俭用,平日连块豆腐都舍不得吃,早备下的这几十元块就是等着化肥票下来,没有白花花的化肥撒下去,那十几亩的庄稼就得黄蔫蔫的减了收成,收成就是庄稼人的一切呀。就在包大宽脸红脖子粗又跳又骂的时候,尚斌坐着小轿车经过这里,他听过看过,走上前,塞进包大宽掌里一张票子,说老弟,多大的事,气伤了身子不值嘛,这钱就算我丢的,快去买化肥吧。包大宽愣了,说这位大哥,我还不知你姓啥叫啥呢,这钱我可不能要。尚斌说,好,就算我买你的青苞米,这是预付款,中了吧?包大宽说,我的天,一百元钱得买多少青苞米呀,只怕你的小车都塞不走。再说,吃咱庄稼人的两棒那玩意儿,谁还好意思要钱呀。站在旁边的司机说,你要真觉过意不去,哪天勒条狗烀上,俺们老板就稀罕这一口。包大宽眼睛登时就亮了,说这好办,俺家就有一条现成的黑子,正肥呢。大哥哪天去?过西边这道山梁,红岗村就我一家姓包的。大哥可得说话算数,我在家恭候啦!

那天尚斌的心情格外好,是因为他和镇里主管矿业的镇长谈得好。这片山里发现了钼矿,那可是极稀少贵重的品种。尚斌要投资开矿,跑了无数次,数这次才算有了突破性的进展。数日后,他再来山里,果然挤时间去了包大宽的家。包大宽急着吆喝媳妇沏茶,又跑出院门找狗。坐在墙根晒眵迷糊的老大爷说,我看你家喜来带着黑子出屯去了。包大宽心里猛地明白了,这是儿子带狗出去躲灾了,要说怪,也只能怪自己不该回家说买化肥丢钱的事,喜来八岁了,啥话听不明白?包大宽在一个山洞里找到了儿子,喜来一见爸爸的面,眼泪就流下来,说爸,黑子不能杀,他是我的伴呀。包大宽说,爸既应了人家,咱哪能说话不算数。不就是一条狗嘛,过一阵,我再给你要只小狗崽养上就是了。喜来说,你就是再要来啥样的狗,我也不让杀黑子。包大宽怕客人在家等得心急,便不想再跟儿子磨叽,掏出绳子欲拴狗。喜来死抱住爸爸胳膊,又喊黑子快跑。包大宽心焦,一巴掌将儿子扇到一边,又一脚将欲窜逃的大黑踢翻在地,然后就将狗头踏在了脚下。按包大宽的性子,本想抓块石头,把狗砸死就省事了,但又想到砸死的狗不好剥皮,烀出来的肉也不如勒死的好吃,才把狗拴上绳索,扯回家去。

包大宽进了家门,喜来也抹着嘴巴上的血迹跟回来,抱着狗的脖子呜呜地哭,嘴里哀哀地喊妈妈,说求求你和我爸啦!孩子这一求告,母亲眼圈也红了,对尚斌说,这黑子自从进了家门,就跟喜来亲,喜来放学没回家,它是不进院子的,有时它在山上扑到野兔或山鸡,叼进家也只往喜来跟前送。狗这东西通人性,孩子一时舍不得,大哥你可别怪呀。尚斌哈哈笑起来,从包大宽手里接过绳子,放到喜来手上,说这狗,就是杀了,我也不吃,没法吃啦。孩子,快去遛遛它,给它收收魂儿吧。尚斌又抹挲着喜来的脑袋说,我喜欢这孩子,讲恩情,懂义气,如果大哥大嫂信得着兄弟,往后这孩子就给我叫干爸。我也不能白认了这个干儿子,从小学到初中,我一年给他五百元钱,买书买本。要是再能读高中读大学呢,费用我全包,对外咱就讲是一对一助学帮扶,可好?

尚斌红嘴白牙,说话落地成钉。喜来顺利地读了小学,读了初中,又读了高中,但大学没考上。尚斌说,来我矿上吧,咋也比在家种地强。喜来便到矿上,当过保安,跑过销售,后来还独挑了一个部门当经理。尚斌的矿这些年发展挺快,资产据说已经数千万,雄镇一方了。

去年秋上的一天,包喜来与邻矿的矿主段德顺在市里的大酒店遭遇,两人三说两讲,吵起来,骂起来,撕掳起来,包喜来从怀里掏出匕首,段德顺登时毙命。法院审理此案,因包喜来寻衅在先,又怀揣利刃,一审认定蓄意杀人,判为死刑。但段家人不服,称包喜顺只为杀手,背后另有主谋,这般判是打了走狗放走狼,又称近年来段矿与尚矿多有摩擦,都是为了争夺矿脉。这期间,尚斌也派人与检察院、法院多有接触,力陈双方斗殴相搏,不该判死。这个官司直拖了半年之久,连省高法都几次来人。据称,包喜来在牢中铁嘴钢牙,只认欠债还钱,杀人偿命,其余的话再不多说一句。

包喜来被送刑场那天,尚斌率车队一路送行。临刑前,包喜来高喊,我爸我妈,拜托啦!尚斌嘶了嗓子回应,喜来走好一一下辈子我们还为父子！

　　盛殓，厚葬，年轻的包喜来就这样去了，只留了老父老母住在别墅式的小洋楼里。包大宽和老伴突然之间就老了许多，每夜每夜，他们抚摸着数年前已衰迈死去的大黑的狗皮，浊泪长流，无话可说……

自作自受

　　三年前，市里发生了一次群体事件，几百名学生家长先是围了教育局，后又围了市政府，为的是小学升初中，为什么文件上明明白白说按学区划定，偏有些孩子进了规定学区外的重点中学？当时，教育局长在北京住院治病，在家代理主持工作的副局长邵力法挂帅处理此事，先是将所有违规学生都退回到该去的学校，后又追查引发群体事件的责任人。这一查便查到了教育局中教科科长徐文娟的身上，几乎所有违规升学都有徐文娟的批条。邵力法大怒，在局党委会上拍了桌子，说把她撤掉，并公示市内所有中小学，以平众怨。党委委员们一个个沉着脸，都不吭声，有人小声提醒，说局长是不是再考虑考虑？邵力法啪地将手里的钢笔摔在会议桌上，说我早考虑好了，我知道你们都想些什么。你们怕，我不怕，别说她老公是市委书记，就是省委书记，我也是这个态度。如果我的提议不能在党委会上通过，那我请求辞职！

　　市委书记的夫人被撤了职，并被派到市里一所很不起眼的中学当了排名最后的副校长，在市里再次引起一场不大不小的冲击波。人们私下里为邵力法叫好，也为这个书呆子担心，为官之道，既要讲原则也要讲灵活，连那个黑老包在铡陈世美之前，还曾给过秦香莲四十两纹银让她好好回家日子别再闹了呢，你以为你是谁呀？

徐文娟回到家里，自然少不了满腹委屈，跟丈夫哭诉抱怨。她说我给那些人批条子，说到底还不是为了你，哪个求到我的人不是你手下的四梁八柱，好汉还得三个帮呢。市委书记戴仁沉脸不言。徐文娟又说，他邵力法不过是个代局长，也太不把你放在眼里了，起码说，做出决定前，也该来家跟你说道说道吧？戴仁的脸越发黑了，仍不言。徐文娟又说，你没看他在局里大会上的那个张狂呢，又是摔帽子又是墩茶杯的，张口不怕天，闭口不怕地，整个一个拿你整事，往自个儿脸上贴金的架势。哼，真要当上正的，不定还要怎样狂呢！戴言再不爱听，起身进了书房，还重重摔了房门，扔下话，你自作自受，活该！

半年后，市交通局长因受贿落马，在研究接任人选时，戴言亲自提出了邵力法。有人提出质疑，说眼下市里的公路建设正是大干快上要速度也要等级的时候，邵力法虽也有大学文凭，学的却是教育，专业不对口吧？戴仁说，现在我担心的不是专业，而是管理，是领军主帅的自律能力。我虽然和邵力法没有更多接触，但据我所知，此人办事果断，不徇私情。我们需要这样的干部去正一正风气，尤其像交通局这样权重敏感部门。

邵力法临危受命，官升一级，而且是去了让多少人梦寐期盼的重要部门，在市里再次引发不小的震动。联系到半年前的那场风波，人们赞许多多的是市委书记戴仁。一个不计私嫌唯才是举的领导，到什么时代都是人们敬慕的对象。只有徐文娟回到家里恨得跳脚，说你行啊，人家拿你老婆开涮，你却给人家加顶子派美差,你宰相肚里能开航天飞机呀!戴言冷言以对,你懂什么?记住,少干政!

一年后,宣传部长拿来一份报纸清样,是写邵力法的,说他到了交通局,雷厉风行,严格管理,但也没少得罪人,报社在下稿前已听到一些反对意见,问发不发?戴仁在清样上批示,"要树正气,必顶邪风,建议发显著位置。"

又一年,市纪检委书记送上一份交通局干部的匿名上告信,说邵力法独断专行,与工程承包商交往过密,并有经济违规嫌疑。戴言的意见是,用人莫疑,疑人莫用,但可以适当给力法同志打打招呼,让他注意谨慎。

几天后,邵力法第一次夜里跑到戴家来。徐文娟开门,先是一怔,转而就不冷不热地说,没想是邵大领导,真是有失远迎。弄得邵力法好不尴尬。倒是戴仁老远迎过来,哈哈地笑,说这是你嫂子跟你不见外,埋怨你来少了。来,坐吧。那一次,戴仁给邵力法的鼓励是,要谨慎,但不是不做事,大雄宝殿的佛爷万人顶拜,可他究竟有什么作为?邵力法诚恐诚惶地表示,请戴书记放心,您的信任与支持我铭记在心,绝不会让您失望。

第三年的春天,省纪检委突然来人,先找市委主要领导通报,说经秘密审查,发现邵力法有重大贪污受贿嫌疑,决定先实行双规,然后送司法机关处理。戴仁长叹了一口气,说教训啊,就按组织决定办吧。

市委召开了领导干部会议,戴仁在会上讲话,并做了自我批评,他说用人失当,我要负主要责任,在市场经济形势下,对干部不光要看历史,更要防止变化,使用后的从严教育一定要切实提到议事日程上来。出席会议的人都很感慨,为邵力法,更为市委书记,说戴书记外举不避嫌,胸襟博大,有古贤之风,邵力法真是辜负了戴书记的一片心啊。

表现得最高兴的是徐文娟,回家进门后的第一句话就是,活该,自作自受!戴仁问,你是说我,还是说邵力法?徐文娟说,你活该,他自作自受!戴仁责怪说,你不要狗肚子,装不得二两油。徐文娟说,这是我的家,我愿怎么说怎么说!戴仁默默不语,良久,才没头没脑地冒出一句,我不活该,可他,确是自作自受,这回,他总该懂得什么是天,什么是地了吧?

徐文娟为丈夫的这句话琢磨了好多日子,难得要领。

还你尴尬

聂冬妮是某杂志社的编辑,这个杂志归国家的一个部委主管。部里有两年一度的论文评奖,日常工作便由杂志社负责。今年的评奖方案呈上主管领导案头,领导做了如下批示:评委会应增加新生力量,最好是不在京的中青年专家,以使评奖工作更具代表性。

落实批示的结果,便想到了漠墟的邵子恒,是聂冬妮率先举荐的,大家都说好。邵子恒近几年接连发表了几篇在国内外颇有影响的论文,并两次获奖。主编在布置工作时,小聂又突发奇想,说在京的老专家我们都是捧着大红的聘书,毕恭毕敬登门去请,是不是我们小字辈也应享此殊荣呀?主编笑,说你不就是想借机会去塞外边城开开眼吗?好,就算奖励你的举荐之功了。

到了漠墟,聂冬妮遭遇的第一次尴尬是在宾馆。火车是清晨到达的,邵子恒接站。这天是星期天,两人商定,午前聂冬妮在客房补补觉,午后去古长城遗址。午饭前邵子恒赶来时,还带来了他八九岁的儿子。聂冬妮是个性格开朗的姑娘,尤其喜欢这么大的小男孩,并没多想什么。可书呆子邵子恒却偏要玩此地无银的把戏,讪讪地解释说,孩子姥姥病了,他妈妈要去护理……

没想小男孩反驳,我姥姥没病,爸爸撒谎!

邵讪笑着拍儿子的脑袋,企图描述谎言,是你妈妈告诉我的。

孩子愈发倔强,可妈妈告诉我她在家洗衣服,不信回家瞧!

邵子恒尴尬地笑,那笑牵得小聂心一动,立刻就明白是怎么回事了。显然,邵子恒接车后回家说了,来的是位年轻女编辑,妻子便给丈夫配了一只随身小灯泡,哦,准确地说应叫小眼线或小侦探什么的。哼,至于吗?把本姑娘当成了什么人?小聂冬妮几乎失去了出去游览的兴致。

猝不及防的第二次尴尬是在古长城遗址上。山林间钻出一只小松鼠,抖着毛茸茸的大尾巴蹦跶。小男孩一路欢呼追奔,做父亲的一声断喝,孩子便恋恋不舍地重回到大人们身旁。小聂生出同情,孩子嘛,童真童趣才是人生最可宝贵的依恋。她给孩子擦擦额上手上的汗水和泥土,安慰说,爸爸是怕你摔倒了。

小男孩抗议似的喊,才不是,我爸爸怕我妈,可我不怕!

她笑了,你爸爸怕你妈妈什么?

邵子恒感觉到了迫在眉睫的窘促,忙制止,不要跟阿姨胡说!

小男孩大声喊,我没胡说,妈妈让我跟着你们,不让爸爸单独和阿姨在一起!

邵子恒白白净净的脸登时变成了熟蟹壳,半天说不出话来。聂冬妮也怔了怔,转身独自向高阜处走去。

漠墟城本来是有几处古迹可供游览的，可聂冬妮突然之间就彻底没了再留在这里的兴致。周一，她去了邵子恒的单位，很快就完成了此行的使命。领导很高兴，慨然应允，绿灯放行，还主动派车让邵子恒再陪客人玩两天。聂冬妮坚决地谢绝了，只是委托帮助办理返程车票，越快越好。

聂乘坐的是当夜的火车。直到检票前，邵才急匆匆赶来，身后还跟着妻子，两人手里却不见任何随带的物品。原来说得好好的，邵是跟自己一块赴京的嘛。邵闪闪烁烁地解释，说单位有了临时任务，他要过两天才能动身。聂立刻就明白了，哼，这个醋劲十足的女人，以为全世界的女子都想勾引她男人呢，一男一女结伴而行便被她视为洪水猛兽，而且亲自监军逼老公前来说谎。偏偏邵骨子里是个不会说谎的人，谎言便似那暗房里的显影剂，越发把底片上的内容清清楚楚地显现出来了。

一而再再而三的尴尬，如火镰不断地在火石上击打，终于有了那么一颗硕大的火星溅落在了炸药包上。聂冬妮的报复之心就在那一瞬间产生了。

"子恒——"以前都是称邵老师，聂冬妮头一次直呼其名便叫得嗲声嗲气情意缠绵，并猫戏老鼠似地注视着醋坛子陡变的面孔。当然了，她也注意了邵子恒的惊愕与尴尬。"让我孤单单一人走，多没意思嘛。干脆，我也不走了，我等你……"

邵子恒忙拦阻："聂冬妮同志，别，可别。我知你忙，可不敢再劳驾。我一定抓紧，明晚的这趟火车我保证出发。"

铁青着脸的邵夫人重重哼了一声，大幅度地扭过头去。

聂冬妮窃笑，乘胜发起第二次攻击："那，子恒，你快去给我买点水果吧。我哪知道你会让我跑单帮呀，一点准备都没有。"

于是，检票口前，片刻之间便成了两个女人的世界。邵妻脸上的尴尬与愤懑依存,聂冬妮看在眼里,脸上更显灿若桃花。这是个极佳的单兵对打的战机,聂的心儿已欢快得怦怦蹦跳。

"邵太太,你看子恒这人憨朴实在得多可爱,人又有学问。我跟你说,在大都市,这样的男人最容易被姑娘们追呢。别看年龄稍大点,可男人的成熟之美万金难求,比那些愣头青可强多了,我就特喜欢成熟的男人。我有一句忠言相告,你可一定要把子恒看牢呀……"

邵妻的脸色青而转白,白又变紫,嘴唇已在抖颤。她似乎想反击,可对手伶牙俐齿,不给她插话的机会,也不留给她任何可供把柄的破绽。

三个月后,聂冬妮给早已完成任务返回漠墟的邵子恒发去一封信,信里有一张照片,穿着洁白婚纱的美丽新娘依偎在高大帅气的新郎怀中,两人笑得幸福而甜蜜。信上只寥寥数言,"欢迎邵太太来北京,届时,我将让我的先生陪她玩得开心快乐!"聂冬妮想象着,邵夫人见到此信和照片后,不定又是一番怎样的尴尬呢。好,一比一,扯平了,我总算把尴尬都还给了你!

错　失

在夏日清晨的凉爽中,夫妇二人走出下榻的客栈。秦璞说,平遥城六个城门,东西各二,南北各一,呈龟形而建,四条大街,八条小街,七十二条蚰蜒巷。妻子说,好像你来过似的。秦璞说,先上网了解一下嘛。

两人沿着护城河漫步而去。老两口都是老师，放了暑假，便一起奔北京看女儿。小两口撺掇着，利用大周末，带着老两口，驾着私家车，出了北京奔山西。一路上，旅游硬件自不待说，妻子只是对那软件服务不感冒。见了公厕的牌子，急匆匆奔去，却没料斜刺里杀出位妇女来，伸手收费。妻子说，不是公厕吗？妇女说，公园也收费，有本事你把理讲过来！

另一次防"抢"大战是在昨天晚上。小汽车到了平遥已是入夜时分，见是北京牌照，立刻围堵上来不少人，都是超级的热情。妻子指挥开车的女婿，说别听他们的，我们自己找。女婿谨遵丈母娘的懿旨，径往小巷深处驶。妻子抚着胸口说，怎么就像抢似的！秦璞说，抢客就是抢效益，理解万岁吧。

城墙根下有一片农贸市场，人群熙攘。两人站在城门外，正琢磨着回旅店的路径，便见人丛中走出一位老者，两手拎着塑料袋，鼓鼓囊囊的，都是那种罢园下来的小黄瓜、茄子蛋之类。引人注目处，是老者身上的那身老式的铁路工装服。秦璞上前问道，老哥，去裕丰堂怎么走？老者仃了脚步，笑着问，是东北人吧？秦璞忙答，沈阳那疙瘩的。老者越发笑得爽朗，说奉天城，大帅府，老家来人啦！跟我走吧。秦璞用目光招呼妻子，并随手从老者手上接过一个塑料袋，再问，老哥，"老家"这话怎讲，听口音，您不像东北人呀？老者说，可我爸是呀。小鬼子闹事变，东北军一枪没放就撤进了山海关。我爸当时是东北军里的一个连长，一直到死，还念叨着这事，说愧扛了那杆枪。秦璞说，老哥在铁路上干过吧？老者说，以前在车站当过客运员。秦璞说原来咱们还是老铁。老者问，这话又怎么说？秦璞说，我和我的那个败家娘们原来都是铁中的老师，现在归市里了。老者哈哈大笑，说我就爱听老家人说话，开口逗人乐，你也是个败家爷们，对吧？你们既来了平遥,就是想逛逛古城,时候还早,我带你们走走,还能带你们看看他们走不到的地方。秦璞说耽误老哥时间,不好意思呀。老者说,用咱们东北人的话说,外道了不是。

秦璞先给女儿打了电话,让他们自己行动,然后便随着老者一路而去,先奔明清时期留下的票号"日升昌"。入口处设了雪亮栏杆,工作人员一脸严肃,凭票入内。可有老者引路,说了声我的朋友,工作人员便再不说什么。果然小城有小城的好处,人熟是宝的。只是无端地受了这般礼遇和款待,妻子有些不安,悄悄捅了一下秦璞的腰眼。秦璞点头,表示明白。

又去了市楼、县衙、城隍庙、文庙。到了巍峨的重檐歇山顶式城楼下,游客如过江之鲫,有导游指点着脚下青石板上的凹陷印记,说是古时出入城门的车马留下的,可以想见古时这里的繁荣。老哥却扯了扯秦璞的衣襟,让两人去看游客稍稀的另一处,悄声说,那处是用砂轮打磨出来的,这一处才货真价实。秦璞吃惊,说古迹还造假呀?老哥笑道,人民币有假的没?

时已近晌,老哥带两人往巷子深处走,还很骄傲地说,这回该带你们去看看一般游客看不到的地方了。原来是去参观眼下还居住着寻常百姓的院落。院门敲开,主人面子上虽透着不情愿,但听老哥说我东北老家来人了,主人便立刻宋大叔、宋大哥地客气起来。秦璞这才知道,原来老哥姓宋。老宋带着两人登堂入室,指点着梁柱介绍哪根古来就是如此,又哪里做了更替改造,又让两人仔细观察精雕细刻的窗棂和砖雕、石刻,一再说明,这才是真正的古物。退到院里,老宋又让他们看古井,看照壁,看古时排水的沟槽,指点着民居的单坡式内落水屋顶,讲"四水归堂",肥水不流外人田的道理。

走了几家,秦璞不想再让热心的老宋去惊扰居家人的生活,便委婉地将这意思说了。老宋也不勉强,说前面不远就是我家,到家坐坐。秦璞说,宋大哥对这城里真是很熟呀。老宋说,住了一辈子,再不熟,就是人性臭啦。秦璞又问,他们怎么都对你这么客气呀?老宋笑道,遇上出门买不到火车票的时候,他们就想起我了。秦璞赞道,老哥古道热肠,连我们这些素昧平生的人都深有感受。

　　逶逶迤迤的,几人便进了一个阔大却杂乱的院子里的宋家房门,是两间,外一间除了锅灶,满屋都是大大小小的缸瓮。秦璞立时明白宋大哥缘何晨起去市场买来这么多小黄瓜茄子蛋了。随着酸咸味道扑过来的还有女主人的责怪,你还知道回来呀。宋大哥忙说,有客人,东北老家来的,快烧水沏茶。正坐在地心切黄瓜条的女主人忙起身,拖着一条瘸腿,抓了电水壶出去了。老宋说,摔过一跤,把股骨头摔坏了。秦璞问,老大哥在铁路上干了多年,单位没给房子吗?老宋说,给了,在城外呢,儿子一家三口住。赶上动迁,小两口想扩扩面积,我们老的,淹点咸菜卖,能帮就再帮帮吧。

　　叙谈间,老宋从书桌里翻出一个小本本,说老弟,能不能把你的电话留下,以后,我真去了沈阳,还想和老弟喝喝“烧刀子”呢。秦璞接过笔,在小本本上写了姓名,再写了手机号码。老宋也撕下一张纸,伏在桌上写,然后将纸条交到秦璞手上,说以后再来平遥,就找我。

　　喝了茶,夫妇起身告辞。老宋坚持着把两人送到当初指路时的路口。秦璞握住那只粗大的手,将早备在掌心的两张票子塞过去。“老哥,不成敬意,小弟再一次表示感谢啦!”

　　没想,宋大哥陡然变色,怕烫似地急将票子塞回到秦璞手上,急扯白脸地说:“咋,想臊俺老宋不是?怎么就只认了钱!”

老宋说完就走,扔下秦璞夫妇呆立在那里不知如何是好。老宋走了几步,又转身说:"知道我为啥陪你们二位走了这半天不?就为老弟主动替俺提茄子,俺看老弟这人,实诚,心善,可交。再见。"

老宋说完,大步而去,再没回头。在回裕丰堂的路上,夫妇二人不住唏嘘感叹,秦璞说,古城古韵古道肠,只以为是虚幻的巴望,没想还真被我们碰上了!妻子说,那就等日后宋大哥去了沈阳,我们再回报吧。秦璞摇头道,唉,这么想,不光咱们俗,也把老宋大哥想俗啦……

那一天,一家人开车回到北京时,已是夜深。第二天清晨,秦璞独自去了菜市场,回来时小两口已经上班走了。秦璞丢下菜蔬,去拖箱里翻找自己昨天穿过的衬衣,妻子说,满是汗酸味,我已扔洗衣机里了。秦璞在洗衣机里拎出自己的那件衬衣,又从衣袋里找出一团纸糊,呆呆地好一阵说不出话来。妻子问,怎么了?秦璞轰然而炸,吼起来,洗衣服为什么不先翻一翻,这是老宋大哥留下的纸条呀!妻子松了一口气,宽慰道,我以为是什么了不得的东西,等他哪天给你打来电话,不就又联系上了吗?秦璞听妻子如此说,一股更大的火气直从心底窜起,砰地摔门而去。

有些事,只能恨自己,连同床共枕几十载的妻子都无颜坦言。留在老宋小本本上的那个号码,他在中间的某位上,将86写成了68,那不会仅仅是整日把诚信二字挂在嘴上的为人师者一瞬间的鬼使神差吧?宋大哥那么憨厚热情的一个人,当他一旦意识到一片热诚换回的竟是防范与欺瞒的时候,还会再想方设法与他联系吗?刚才,秦璞在去菜市场的路上还在想,抓紧给老宋打个报平安的电话,可谁知,一切竟在瞬间颠覆,覆水难收,水随天去,那心中的自责、愧疚与焦恼,真的就再无法挽回了吗……

全民微阅读系列

警惕

　　验过票了,列车长和乘警在列车中部的软席车厢碰情况。列车长说,前面正常。乘警说,后面的 12 车却有情况。列车长瞪圆了一双漂亮的杏眼,催着乘警说下去。乘警将登记夹送到列车长面前,指点说,你看 64 席。列车长看了,那个名字和职务便刀刻一般记在了她的心里:靳奉民　省水利厅副厅长。列车长问,看过他的身份证了吗?乘警答,他说机关在办一个什么证件,临时收上去了,在手提袋里翻半天,才翻出了工作证。工作证看不出真假。

　　这确是个不同寻常的情况。一位堂堂的副厅级领导,放着国家配派的小轿车不坐,坐什么这种大排档呢?况且,列车还挂着软席车厢呢。列车长漆黑漂亮的柳眉拧上了。

　　这趟列车是省内西部的一个城市开往省城的,每日一个往返。一月前,那个城市一个村庄的民众因修建高速铁路占地问题,与施工人员发生冲突,双方动了棍棒,互有伤残。村民们抬了伤员,闹到铁路局,又闹到省政府,一时阻塞交通,省城哗然。省政府给当地政府和铁路局下了死命令,民事纠纷,属地解决。铁路局具体落实到车站和列车上的措施就是严格验证票据,旅客实名登记,坚决防止村民再闹进省城。当然,对旅客的说法却委婉,称社会上又发现某种疫情,此举是防止疫情扩散。

列车长沉吟有顷，独自起身而去。她是要当面验证，再做进一步的决断。走进12车，她的目光飘出去，看似无意地溜向64席。那是一位相貌平平的旅客，年近半百，黑瘦，寸发，鬓角已见花白，蓝色半袖T恤衫，牛仔裤，一双黑色轻便旅游鞋，那一刻，此人正侧着脸若有所思地观看着窗外的山野。若看模样和装束，看不出一点厅级领导的样子，说是城市里的工人、推销员都行，说是乡间进城的打工者也不错，唯独不像个干部，尤其是那么高级别的领导者。

　　列车长回到软席车厢，第二步的应对之策便是让列车员询问软席车厢里是否有省直机关的干部，然后请他们装作漫不经心的样子去12车走一走，看是不是认识那位旅客。两位旅客先后去了，很快回来，都摇头。

　　列车长只好亲自去直接面对了。她再走进12号车厢，敬礼，握手，庄重而得体："欢迎首长检查指导我们的工作。"她没直呼厅长，那容易引起身边旅客的注意，而称首长，指代就宽泛了。

　　64号神情平淡："什么检查指导，不就是坐坐车嘛。你坐。"

　　旅客不多，正好对面就有一个闲席，列车长落座："首长，我同您简单汇报一下列车上的情况。"

　　64号仍很淡漠："别，你们工作上的事跟我不搭边，该忙什么你去忙，都方便。"

　　淡漠也许同样是一种素养和身份的象征，但却让人难做进一步的深层次判定，如果有人以此掩饰或伪装呢？列车长不甘心："那我就不打扰首长的休息了。请首长去软席车厢吧，那里安静，也舒适些。"

　　64号仍淡漠地摇头："不去。一会儿就到站了，你去忙吧。"

　　列车长只好站起身，向列车员招手，列车员立刻送上一杯热茶,恭恭敬敬地呈放到 64 号面前。车厢里有了些微的骚动,列车长从旅客的目光中读出了惊异与新奇。她走到车厢连接处,对一直守候在那里的乘警吩咐,通知终点站,把情况说清楚。

列车徐徐开进了省城,列车长和乘警恭送 64 号旅客下车,嘴里喃喃自责,说对首长照顾不周,还请多多原谅。64 号对虚套不在意,连那淡漠的笑意也省略不用了。

64 号走下车梯,一位身着铁路员工装的中年人已迎候在那里,引人注意的是大檐帽上的三道杠杠,鲜红夺目。大檐帽上前握手:"我是站长,欢迎首长来车站检查指导工作。请首长到软席候车室小坐。"

64 号冷下脸,摇头:"我还有会,没时间。"

站长宠辱不惊:"好,我马上给首长安排小车。"

64 号说:"我有车,已等在站外了。"

站长说:"您告诉我车牌号,我让车到软席候车室门口接您。"

64 号说了一个号码,一个车站工作人员依着站长的眼色,急向出站口方向跑去。64 号急不得,恼不得,也只好由站长和列车长陪着,走向站台对面的软席候车室。很快,一个小伙子来了,轻声招呼:"靳厅长,我来了。"

靳厅长满面不悦地起身而去,跨进小车前留给跟在身后的站长和列车长的最后一句话是:"也不知是我扰民,还是你们不厌其烦,什么意思嘛?"

小车轻快地绝尘而去。工作人员向站长报告,说司机说,靳厅长去检查防汛工作,正好他当年在那里下乡,就把小车和秘书打发回来,自己留在乡间住了两天。站长了列车长听了,不由相视一笑,都长长地嘘了口气。

一颗黄豆

　　进入三月的头一天，市文明办的方主任吃完饭便早早返回了机关。

　　他先进了卫生间，方便后到洗面池前洗手，发现一颗鼓胀胀的黄豆粒堂而皇之地落在白莹莹的洗面池上。方主任很生气，头两天他亲自带人对机关各处室从宏观到微观包括犄角旮旯彻彻底底地检查了一番，没想到刚刚拉开文明月的序幕，就有人这般不知保持，况且发生在专抓精神文明建设的机关，进而可知社会上的脏乱差何以久治不效。他越想越气，决心顺豆摸瓜，要给全机关一个切实、具体而生动的教育。

　　他想到有人午间带饭，进而想到有人来这里涮洗饭盒。这是个合乎逻辑而又极简易的推理分析。

　　方主任先走进宣传科。老赵喜欢一边吃饭一边看小说，直到此时还抱着饭盒盯书本。方主任走到跟前："哟，一点菜都不带，干嚼啊!"语气极平易。

　　老赵自嘲地笑说："带了几片香肠，一看书，顺嘴把好吃的都先吞下去了。"

　　眼见为实。方主任哈哈笑着，又走进秘书科。秘书小钱和司机大孙正在汉界楚河前鏖战用兵。两人跟顶头上司招呼了一声，继续一争雌雄。

　　"你们都吃了?"

"吃了。"中国人的这种问答犹如美国人的见面哈罗,本也平常。

"都带点什么菜呀?"

"我那位就给我炒点土豆丝,刮牙齿攒钱想买两室一厅呢。"小钱此时兵逼对方城下,优哉优哉,有暇发媳妇的一句牢骚。

"大孙,你呢?"

大孙的老师此时正陷在水深火热之中,愁得万念皆空,听主任点名道姓地问,竟怔怔地仰起脸不知如何作答。小钱告诉他"主任问你带什么菜",他才如梦初醒,挠挠脑袋,"炒点咸菜丝。"

"什么炒的呀?"

大孙又挠脑袋:"我忘了,吃完就忘了。"

"黄豆芽炒咸菜丝倒是满下饭的。"方主任只好诱供了。

小钱吧嗒吧嗒地摆弄着手里的棋子,得意地说:"他不是炒黄豆芽,是炒肉丝。我说孙老兄,交子摆下盘吧,连刚才吃的啥都忘了,还下棋呢!"

方主任亲切而得体地戏谑句"两个臭棋篓子",又转身去调研科了。

调研科的小李是女同志,饭后没事正打毛衣。方主任的突然光临,让小李感动又纳罕,忙起身让座斟茶。方主任问了孩子,问了爱人,又很自然很巧妙地问到午间带了什么饭菜。小李说出煮五香花生米,方主任心头不由一动,这花生米与黄豆都是植物蛋白类食品,又都是颗粒状,小李的花生米里若混上那么一两颗黄豆,吃时拣出去扔掉也是极可能的。

"哈哈,女同志生活都讲究,就带点花生米糊弄,我不信。"方主任满面堆笑,紧摇脑袋。

小李从手提袋里拿出大饭盒,掀开盖,"不信您看,我在蒸饭器里煮了一大盒。带回家够吃几天,省得天天费事了。"

方主任拈了一颗放进嘴里,很有滋味地嚼:"不错,蛮有味道嘛。"

小李说:"主任喜欢吃,就拿去,明天我再蒸,方便"

方主任盖上饭盒:"回家我叫老伴煮嘛,反正她在家也是闲着。哦,对了,要是黄豆混在里面,对花生米的味道不会有什么影响吧?"

小李一愣,没料到主任怎么会突然提出这么个问题,忙说:"这个我可没经验。谁会把花生米和黄豆一起煮啊。"

小李那一愣一窘的神态,反倒叫方主任那本已释疑的心又陡添一惑。他转身回自己的办公室去了。机关里就这么四个人带饭,看来疑点最大的就是小李了。可女同志心眼小,面子上又架不住斤两,这事该想个怎样稳妥周全的办法既发挥了批评武器的作用又要让小李和大家都心悦诚服呢……

毕竟是女人心细,方主任一走,小李拿起竹针又织了几下,突觉不对味儿,拧眉怔了一会儿神,放下针线就往宣传科跑,问:"方主任刚才来没来你这儿?"

老赵怔怔地:"来了,咋?"

"他问了你什么?"

"嗯……就问我带什么菜。"

小李拉起老赵:"走,看主任问没问小钱和大孙。"

四个人一照光,非但疑团未解,反倒平地陡然立起了两对丈二金刚。大家猜天测地推理了一番,便一至摊派秘书小钱先去侦察一番,知己知彼,再谋良策。小钱抱着文件传阅夹去了,转隙跑回来,神秘地通报说,主任两眼直勾勾的,正凝视着玻璃板上的一颗黄豆粒,不知在什么。

小李忙加注脚："对,毛病八成就在这颗黄豆上,他刚才就是故意把话往黄豆上引我嘛。"

老赵不解："不能吧,一颗豆粒还能压塌了天?"

大孙性子急："管那屁事呢!主任不就是想知道那颗豆粒儿是谁的吗?告诉他就没咱们事了!"

小钱盯着大孙："那你知道是谁的?"

"八九不离十吧。"大孙已把车马炮又摆好。

"那你赶快去告诉他。"小钱毕竟是秘书,哪头轻,哪头沉,心中自有掂对。

一分钟后,大孙端了一盆清水走进方主任的办公室,径直走到窗前那一排花前,大大咧咧地说："主任,你这花不行啊,黄蔫蔫瘦了巴叽的,也不开花。你看看刘部长那几盆,油绿油绿的那叫啥成色? 那蟹爪莲足开了两三个月。"

"种花也得有道。我种花只赏叶,不死就不错啦。"

"啥道啊? 我看就是多加肥,人家刘部长连浇花都是用泡过黄豆的水。"

方主任眼睛一亮："真的?"

"那还假? 我常看他提个装豆粒子的大塑料桶到卫生间去灌水。不信你去直接请教请教他。"

方主任心里亮堂了,可又沉重了许多。是的,得找他,一定得找他,管他是谁呢!说不上批评,可提提意见总是应该的吧⋯⋯

跑圈儿(三题)

秀月小区有一块面积不小的场地，水泥方砖铺就，平整如镜。在四周高高林立的楼群中，这片空场便成了人们极好的休闲去处。每日清晨和傍晚，花园里总聚了不少的男女老少，舒缓平静的太极拳，刚劲欢快的迪斯科，还有高深莫测叫不出名堂的各色气功，构成了一幅幅的城市风景。而在那块平整如镜的空场上，则聚着更多的人众，这个蔚为壮观的大兵团的活动项目叫——跑圈儿。

跑圈儿，是热心于这项活动的人们随心所欲又相互比较后约定俗成的一种叫法。它有别于体育场跑道上的晨练暮跑，因为它还有着音乐的伴奏；它又有别于嘭嘭咔咔的大秧歌和迪斯科，因为确实是在慢跑而非舞之蹈之。而那个"圈"字，则极形象地界定了它的范围和形式，活动的人首尾相衔，在空场上形成一种很规整的涡旋。音乐是由挂在柳杈上的录音机放的带子，有"六亿神州尽舜尧"时的红歌，有百唱不衰的民歌小调，更多的是不断时髦不断更新的流行歌曲，但必须节奏感强，即使是散板咏叹抒情味极浓的也都被千篇一律地处理成了进行曲。迷迷蒙蒙的星光下和曙光初露的晨曦里，但求活得滋润长久的人们将文娱与体育巧妙地结合起来，形成了别具一格的新的"边缘"项目，清心寡欲，舒筋活血，没有竞技场上的大汗淋漓腰酸腿疼，又不必虞于舞姿笨拙或男女勾肩搭背被人讥为"老不正经"，所以这个"圈儿"，竟是滚雪球般越跑人越多，越跑越兴旺，雷打不动，风吹不散，成了城市里的一道新景观。

人物过百，形形色色。日子一长，也必生出些让人感叹唏嘘的故事。忙中草率，匆匆抢拍几个镜头，兴许能让有雅兴的朋友读出些许新奇与慨叹吧。

众人划桨开大船

三人为众。成群成众者，自然要有首领核心。跑圈儿的既有数百近千之众，哪能没有个主事人的道理?也无需民主选举，几个热心人凑到一起，商量些不得不办的事情，便云多有雨般地赢得了人们的信任。也没有官衔和职务，人们心目中的尊敬与拥戴才是最可珍贵的。

那一天，几个热心人又凑到一起，说录音机越来越不好使，连宋祖英都常哑了嗓子唱跑调，又说总把插销插到附近住户的电表上也不是长事，人家不提"钱"字，咱们总得有个自觉。商量来商量去的结果，决定让参加活动的人都交点钱，每人只三元，凑个三两千块钱，支付一年的开销就绰绰有余了。三块钱不多，这年月，地上掉个大钢，小孩子都不肯弯腰拣一拣，三元钱真的不多。

"这事就交我办吧，你们谁帮我记记帐，日后对大伙儿也好有个交代。"说话的是赵大姨，富富态态的一个老太太。赵大姨一直在居委会工作，几十年如一日，都是义务的。她把这事看得挺简单，也挺乐观。

赵大姨让当会计的儿媳做了本账目簿子，又叫在工会工作的儿子借来只手提电动喇叭，就披挂上阵了。她站在漩动的人流旁对着喇叭喊："大家该咋跑还咋跑，听我啰嗦几句。电视剧里有句挺有意思的话，'钱不是万能的，可没有钱是万万不能的。'咱们的活动眼下就到了万万不能的时候，所以决定向每位参加活动的人收三块钱。三块钱不多吧？回家还不至于跟当家的拌嘴吧？打架拌嘴也不怕，你就说是老赵太太收的，叫他找我来，保准儿让你们两口子急皮酸脸地来了，乐乐呵呵地回去。交款的都有账，日后咋个花销还列张单子给大家贴出来，谁敢说咱是乱收费乱摊派我跟他上法院！身上揣了零钱的，现在就可以交。我知道现在有些人身上好揣这个卡那个卡的，揣叠票子也都是百元大票，嫌零钱鼓鼓囊囊把衣兜撑起个包不板整，那你可就是故意难为我老太太了。卡在我这儿不管用，大票我也没钱找，你记着明天揣几张零票子来，明天忘了后天也行啊……"

赵大姨会说，也爱说，一样的意思重复几遍，却不重样，就像爱唱卡拉OK的人，拿起话筒越唱越有情绪。这般喊了几遍，果然就有人来交款，但不多，稀稀落落也就几十人的样子。也许真如赵大姨所说，人们没准备，手里没零钱吧。

可第二天，仍是只有几十个人。

第三天，交款的人不但没增多，细心观察，以前常来跑跑蹦蹦的一些人这两天竟不见了踪影。嗨，这种人啊，真是！

到了第四天，赵大姨急了，和颜悦色的调侃中便带了些挟酸裹辣的讥讽："……其实，谁交谁没交，不用看账我都记得清清楚楚，前楼后楼左邻右舍地住着，我是不愿让他脸热。有人从我身边跑过去，吓得低头耷脑都不敢看我一眼，何苦呢？不就是两三块钱的事吗？要是人少，我穷老太太就替您垫上啦。我听说建功立业做大事的人都不愿手摸钱，毛主席一辈子就有这么个脾气。可毛主席上千年才出一个,不服你摸摸贝儿颅,你有毛主席的那么宽那么亮吗……"

电动喇叭这般不休不止地响着,说得人直乐,也说得有人脸发烫。人群中就跑出个中年人来:"大姨,收款后准备怎么支出?"

赵大姨说:"买录音机,买录音带,还得交电费。"

中年人说:"那你老就不用再口干舌燥地喊了,该买什么买什么,开张发票交给我就是了。"

赵大姨问:"你是哪个单位的呀?''

中年人说:"不过几个钱儿的事,您就别问了。''

中年人说完,又裹进漩流中去了。赵大姨怔了好一阵又举起喇叭来:"刚才有位领导同志说了,花销的事他们单位全给报销。这是好事呀,我们也算占了公家的一点便宜啦。人家当官的哪顿饭不得千儿八百的,咱们小小腐败一把算个啥呀,是不是这个理儿呀?"

人群中响起了笑声,三言两语说不清楚味道的笑声。

笑声刚落,又冲出一个亮如洪钟的大嗓门:"算了算了,老太太,报销的事就免了吧,占那屁嘣点的便宜干啥。还有多少人没交,你报个数,我一个人都交了算了!"

今个这是咋啦?赵大姨又一愣,可仅仅是一瞬,就又举起喇叭来:"大家都听到了吧,不知咱这里还有财大气粗的大老板啊!请所有没交款的都鼓掌为这位豪爽大方的大老板表示衷心的感谢吧,祝愿他财源滚滚发大财……"

可赵大姨的提议并没有得到多少人的响应,刚开始还响了几声零零星星的可怜掌声,但很快就被淹没在歌曲的强劲旋律中去了。录音机里唱的是:"一支竹篙哟,难渡汪洋海;众人划桨哟,开呀开大船……一加十,十加百,百加千千万,你加我,我加

布老虎

你,大家紧相连……"

赵大姨很快被众人围了起来。这一晚,她收了将近五百人的
款。

祝你平安

钱收齐了,买了个大录音机。大录音机挺高级,四个喇叭,上
面有许多键子,可使用说明书是英文和繁体汉字印的,钱老伯看
了半天,白闹了个头昏眼花,又摆弄了半天,摆弄出满脑门汗珠
子,总算把声音摆弄出来了。

钱老伯七十出头了,高高瘦瘦的,原先也在人流中跟着活动
腿脚,可有一天一个趔趄差点摔倒,让人们搀扶到了旁边。钱老
伯退休前是火车司机,多年的火烤风吹,钱老伯落了个老寒腿,
想活动活动也力不从心了。他对一边守着录音机还一边蹦蹦跳
跳的中年人说,你去圈里跑吧,我看机器。那往后,他就每日早来
晚走,负责放录音,兴致一来,也在旁甩甩胳膊踢踢腿,自由自
在,量力而行。时间长了,钱老伯竟从音乐的节奏里听出了车轮
的铿锵,又觉那奔跑向前的人流就似那长长的钢铁巨龙,自己又
坐在了八面威风的火车头上。

适宜跑步的节奏一般要快。新买来的录音机一时摆弄不好,
音乐节奏就显得缓慢了些。这一慢不要紧,跑圈儿的人们就好像
电影里的慢镜头,又像在练太空舞,抽筋巴骨地颠跳不开腿脚,
只好顺着节奏散步走。有人觉得不过瘾,大声喊了,快点,快点,
跑不起来呀!钱老伯看自己的列车跑不起来,心里本来就着急,对
着那些陌生的键钮这个拨一下,那个按一下,也不知一下弄错了

哪个部位,那节奏又突然快起来,快得使跑圈儿的人们一个个像发了神经,两条腿如捣蒜,滑稽得又变成了三十年代的老电影。人们初时还哈哈地笑,可笑了一阵,节奏还没调整过来,未免就有些急。一个小伙子三步两步窜到场边去,大声质问:"怎么回事怎么回事?拿大伙儿当猴耍呀!"

钱老伯正急得恨不能把脑袋钻到录音机里去看一看,见问,忙抹了一把头上的汗珠子:"我、我、我摆弄不好这个玩意儿……"

"摆弄不好回家逗猫遛狗去,到这儿捣什么乱!"小伙子出口不逊。

跑圈儿的队伍呼啦一下就围上来。先是那几位张罗事的人不让了,坚定不移地护卫着钱老伯,"刚买来的东西谁没几天手生?你凭啥站着说话不腰疼?"也有替小伙子说话的,"虽说年轻人话说得不太中听,可理儿就是这么个理儿,大伙儿一晚上都没跑好嘛。还不让提个意见啦?"赵大姨说,"小伙子,你年轻,眼神好,借着灯光好好瞧瞧,这老爷子多大岁数了?我估摸比你爹岁数还大呢。老人家图个啥?一分钱不挣的事,天天跑来给大伙服务,我也不说他有开天辟地的多大功劳,我只说诸位回到家里去,谁也不能吹胡子瞪眼地这样跟老爸老妈说话吧?"

一句话说得小伙子和帮他说话的人都羞赧了脸,蔫蔫地退去了。钱老伯心里委屈上来,先是眨巴眨巴昏花的老眼仰望星星,终于忍不住,两串硕大的泪珠就噼里啪啦滚落下来,颓然蹲下身,嘴里还叨念着:"唉,老了,老了就废物啦,委屈大家啦……"

老人的泪水冲洗得众人心里都酸酸的,堵堵的,大家没心思再跑下去,那一天的活动就提前解散了。有几个人还一直把钱老伯陪送回家里,宽慰了好一阵才离去。

众人来家,就等于把消息公布给了全家人。等人们一走,儿媳妇便愤愤地叫,爸,你去伺候那些四六不分好赖不懂的东西干啥,在家养养鱼栽栽花喘气都匀和!儿子也说,咱家的那台音响可比你们的那个录音机高级多了,我一会就给你搬过来,你愿咋摆弄咋摆弄,摆弄坏了咱换新的。老伴往外推儿子,你们歇着去吧,你爸有我呢。我早就不让他去凑那个热闹,这回看我还管不管得住他!钱老伯气哼哼地说,我也不用你管,往后就是来八抬大轿,我也不去了。

第二天,天将蒙蒙亮,钱老伯又披衣下床,用脚在地上摸拖鞋。老伴在旁边冷冷地说,一会跟我上早市买菜去。老伯愣愣神,说愿买你自个儿去。又脱衣躺下了。

早饭前,儿子果然就把组合音响搬到了老父的屋里。老人怔怔地坐在那里。一句话没说,也不知他心里想的是什么。

恍恍惚惚一天过去了。吃过晚饭,钱老伯披了褂子,穿上鞋,就在小屋里转圈子,眼睛还一个劲地往厨房溜。老伴和儿媳一个在刷碗,一个在切明天要炒的咸菜丝,说说笑笑的,好不热闹。老太太看老头子的眼神,便知他的意思,说穿戴好啦?穿戴好我也不让你去跑圈儿。等一会我收拾完了,你陪我到闺女家看看去。儿媳说,妈要去就快去,家里有我呢。钱老伯一脚把鞋甩出去老远,恼恼地说,我哪儿也不去,我在家看电视!

这天夜里,钱老伯突然闹起病来,身子滚烫滚烫的像火炭,急得老伴爬起来找药倒水,一夜没合眼。第二天,儿子又带老父去了医院,打了一针,拎回一大包药。两天过去,老爷子身子倒不那么烧了,可腮帮子又肿起老高,哎哎哟哟喊牙疼。又去医院,大夫说是外邪内侵,脾阳虚弱,郁闷有火。带回些功劳去火片和止痛的药,也未见顶多大事,害得老爷子吃也吃不下,睡也睡不安,眼见着一张核桃老脸灰土土的全没了往日的神采,一天到晚只坐在那里发呆。

这般闹腾了三五日,儿子儿媳急得没了辙。老太太长叹了一口气,说我知道老东西的病根在哪里,你们不用管了。

翌日,赵大姨就登门了,进屋笑哈哈地问,咋啦,老钱大哥,好几天不见你的面?钱老伯说,这几天身子骨不好,不愿动啦。赵大姨说,你不愿动可不行,这几天那录音机你捅捅他弄耳,差点就被摆弄零碎了。大伙儿直念叨你呢。这话让钱老伯心里挺舒坦,可他眼睛直往老伴脸上溜,嘴里说,我个笨老头子还有啥念想,我……我在家养膘吧。旁边的老伴横了他一眼,说你看我干啥?你就这么点能耐,还值得端回架子?佘太君再不肯出天波府,八千岁一出面,人家还百岁挂帅呢!赵大姨笑说老大姐真会打比方,我咋还成了个八千岁?老伴说,八千岁不也姓个赵?咋不对?说得几个老人哈哈地笑成了一团。

当日晚,钱老伯就又去了广场。人一露面,赵大姨带头拍起了巴掌,一人拍,众人和,霎时间鼓掌声变成了雨打芭蕉,响成一片。钱老伯迎着一张张灿烂笑脸,只觉精神顿增腿脚灵便,那牙疼竟神奇地消失了。

中华民谣

张副市长新近调入这个城市,市里在秀月小区暂做安排,三室一厅,张副市长挺随和,说声"不错",就住下了。

到了新的环境,总要各处走走看看。那一晚,张副市长走进广场,就被那漩动的人流吸引了。张副市长是个爱活动的人,站在旁边看了一阵,只觉浑身关节咯咯直响,稍一踟蹰便鱼儿似地也游进了人流。在机关开了一天会,又是下岗职工安置,又是取暖设备改造,都是硬碰硬实打实的事,弄得焦头烂额心烦意乱,那般跑了一阵,就觉浑身通泰,神清气爽,蛾儿破了茧一般的轻松自得。

张副市长热气腾腾满面红光地回到家里,进门就喊,今天可找到一个好去处!夫人奇怪,自然要问。张副市长如此这般地说了,夫人很不屑,说,家里有现成的健跑器,又能调解速度,又随时可知跑过的距离,放着现代化的器械不用,你去那乱七八糟的地方凑什么热闹!张副市长摇头说不然,我刚才一边跑一边总结出了三大好处。第一,进了人群,你便有了一种随波而动身不由己的感觉,你想停下步来都不行。平时我在家里跑,十分八分钟的,不过一两千米的样子,先就觉得乏了烦了,今儿一口气跑了一个来小时,少说也有五千米,不仅没觉乏累,还身轻如燕,只觉没过足瘾呢;第二,室外的空气好啊,清新润肺,气血得补,外加有音乐伴奏,飘飘然堪比神仙;第三,也是最重要一条,去花园里跑没干扰啊,迷迷蒙蒙中你不认识别人,别人也不认识你,你只管一股肠地锻炼身体就是。哪似在家里,不定啥时候就有电话打来,有事没事地烦你,放下电话谁还有心再跑?

张副市长说的都是真心话。高处不胜寒,为官不胜烦啊1

第二天,张副市长拉着夫人陪他一块去跑。夫人果然也说好,好在清静,好在自由,普通人的日子也是一种境界啊!

没想清静的日子并不长久。几天之后,张副市长身边就有了不少熟头巴脑的人,先是甲局长,后是乙主任,接着又有丙厂长丁经理,陪在身边颠颠蹦蹦,说着些说有用就有用、说没用就没用的话。再往后,戊己庚辛们还带了夫人来,目的很明显,玩的是西方社交很通行的那一套,陪着市长夫人也说些有用没用的话。精明的张副市长想不明白这些人的耳目鼻子怎么这般灵便,他也一时想不出不许这些人到小区里来的理由。

最先让寻常跑圈人感觉到宏观异常的是花园外每晚出现的那些小轿车,奥迪本田大林肯,幽暗的路灯下闪动着神秘的光。微观异常则是那些人一来必往张副市长身边凑。依跑圈儿的惯例,晚来的人只需加入排尾就是,随意楔入也可,但都是成一字队列顺时针漩动。这些人来了,何管它惯例不惯例,前后左右攒成了团,长长的队列中好似出现了肠梗阻,使漩流怪模怪样地再难顺畅。有一日,有两位体体面面的官太太还动起了口角,嘴巴里酸酸腥腥荤荤素素地好不难听,让众人不买票白看了一场"二人转"。

接连有人找到赵大姨钱老伯们,说你们得出面管管啦,再这样下去咱们还咋跑?跑圈儿变成了滑稽小品拉场戏,变味啦!赵大姨为难地说,这事可是猪八戒生孩子,难死猴儿的事,让我咋管?我连个弼马温都不是,管得了那些人?人们说,我们可是把你当八千岁呢,八千岁有先皇赐的龙头拐,上打昏君下打佞臣,你咋就管不了? 赵大姨说,咱们都慢慢想主意吧,天塌不下来,不急。

嘴里说不急,赵大姨那一晚却睡不安实了,闭上眼睛就做些稀奇古怪的梦。她梦见自己去菜市场拣菜帮,恍恍惚惚地到了街头一个热闹处,那里围了一群人,正看南方几个人在耍猴,那猴子穿戴了人的衣帽,作揖打躬的好不引人发笑……赵大姨一个激灵醒来,翻身坐起,就觉眼前如石光电闪,好,有主意了。

清晨,赵大姨早早到了花园,见了跑友们,便低声布计,如此这般,又让人们把自己的部署暗中通知下去。众人齐说好,兴奋而踊跃地分头行动去了。

那天傍晚，跑圈儿依旧，"肠梗阻"依旧。当钱老伯在录音机里放出"朝花夕拾杯中酒"时，心领神会的人们便你拉我扯地陆续散去，站在四周有滋有味地看起热闹来，场地中央渐渐只留了围着张副市长和夫人的那一伙人还在不知天高地厚地跑。张副市长先觉出了异常，转睛一看，只觉一股滚热的东西呼地从心底涌起，脸就如灼如燎地烧起来。他拉了夫人急往外走，那些苍蝇一般的人还紧追着市长地叫，焦恼的张副市长黑了脸，不客气地斥道："你们不回家去干什么，还嫌不丢人啊！".

张副市长走到花园门口时，听到了人们的欢呼声，接着奔跑的脚步声就又整齐有力地响起来了。"……醉人的笑容你有没有，大雁飞过菊花插满头……"唉，一首语无伦次的歌怎么就这么受人喜爱呢？

张副市长长叹了一口气，说："中华民谣啊！"